親王殿下のパティシエール ❹

慶貝勒府の満漢全席

篠原悠希

ハルキ文庫

JN122036

角川春樹事務所

目次

1791年当時の、愛新覚羅永璘周辺の系図と登場人物

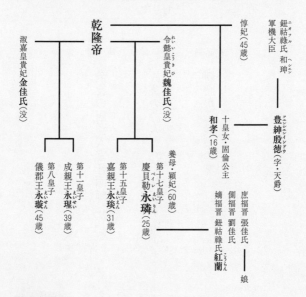

鈕祜祿氏《ニオフル》 和珅《ヘシェン》
軍機大臣

惇妃(45歳)

乾隆帝

令懿皇貴妃《れいいこうきひ》魏佳氏(没)

淑嘉皇貴妃金佳氏(没)

豊紳殷徳《フェンシェンインドゥ》(字・天爵)

十皇女・固倫公主
和孝(16歳)

庶福晋 張佳氏
娘

側福晋 劉佳氏

嫡福晋 鈕祜祿氏紅蘭《こうらん》

養母・穎妃(60歳)

第十七皇子
慶貝勒《ベイレ》永璘《えいりん》(25歳)

第十五皇子
嘉親王永琰《えいえん》(31歳)

第十一皇子
成親王永瑆《えいせい》(39歳)

第八皇子
儀郡王永璇《えいせん》(45歳)

慶貝勒府

厨房(膳房)
李膳房長

点心局
局長・高厨師
第二厨師・王厨師
厨師助手・燕児
徒弟・李二
徒弟・李三

救世主教堂(北堂)
宣教師・アミヨー

永璘の側近
永璘の近侍太監・黄丹
侍衛・何雨林《かうりん》(永璘の護衛)
書童・鄭凜華(永璘の秘書兼書記)

マリーの同室下女
小菊(18歳)倒座房清掃係
小杏(18歳)同上
小蓮(16歳)厨房皿洗い

杏花庵
マリー

第一話

最後の西洋人宮廷画師

西暦一七九一年　乾隆五六年　盛夏
北京内城

菓子職人の見習いと、伝道師の画家

慶貝勒府《けいベイレふ》の点心局で徒弟として働くマリー・フランシーヌ・趙《ちょう》・ブランシュの、二ヶ月あまりに及んだ謹慎《きんしん》が解《と》け、新築の膳房《ぜんぼう》に職場復帰してから五日が過ぎた。

「やったー。明日はお休みです～」

一日の業務終了間近、マリーは仕上げに点心局の作業台を拭《ふ》き上げ、両手を上げた。

「瑪麗《マリー》が帰ってきて、もう五日経《た》ったのか。あっという間だったな」

帰宅しようと膳房袍《ぜんぼうほう》を脱《ぬ》ぎかけていた高厨師《こうちゅうし》が、振り返って声をかけた。

点心局の局長を務める高円喜《えんき》は通いの厨師だ。清《しん》国では、使用人が家族ぐるみで仕《つか》えている邸《やしき》に住み込みというのは珍《めずら》しくない。とはいえ、邸における地位と俸給が上がり、年齢も上がって子だくさんになると、外に自分の家を構えるのが上流階級に仕える使用人たちの目標であるらしい。中には奉公先に住み込みで勤《つと》めていた次男、三男が実家を継《つ》ぐことになり自宅から通い始めるなど、個々の事情によって様々だ。高厨師の場合は、前者の事情――子どもが増えたために、妻女の希望で王府を出たらしい。あるじの永璘《えいりん》とその妃《きさき》たちがなかなか子どもに恵まれない状況で、使用人の子どもばかり増えるのは、居づらさがあったのかもしれない。

「はい。あっという間でした。新しい厨房――えっと、これからは膳房っていうんですよね。どう違うのかよくわからないんですけど」

「高貴の方々にお出しする食事を『御膳』というんだ。その御膳を作る厨房だから、膳房ってこったな。いままでは一般の来客や使用人の食事と、ご主人様方の御膳を同じ厨房で作っていたから、だれも気にしたことはなかったが」

「あ、でも――」

言いかけて、マリーは口をつぐんだ。徒弟ごときが上役を質問責めにするのは、清国的に正しいことではない。

「なんだ。訊《き》きたいことがあれば訊け。おまえさんは清国のことも膳房のことも何もわかっちゃいない上に、ちょくちょく上《うえ》つ方《かた》のおつきあいに呼び出される。そこで知らずにとんでもないヘマをされたら、こっちの首が危ない」

マリーは高厨師の寛大《かんだい》さにほっとして、質問を続けた。

「まだ、王府じゅうの料理はこの膳房で作っているんですよね」

慶貝勒府においては、おもに料理を消費するのは永璘皇子と三人の妃、永璘の幼いひとり娘ではなく、百人を超える召使いたちと、絶《た》えず表の倒座房《とうざぼう》に出入りする業者や貝勒府の関係者だ。これまでは倒座房に近い前院に厨房があったので、すぐに料理を出すことができた。それが、昨今は運び係の使用人が料理を持って、広い王府を行ったり来たりしている。

「前院の厨房の改築が終わり、そちら用の厨師が雇《やと》い入れられるまでのことだ」

「そのあとは、こちらの膳房では老爺《ラオイエ》とお妃さまたちのお食事だけを作るのですか」

「それだけじゃ材料が余っちまうから、上級使用人はこっちの膳房から食事をとるだろうし、前院にも下がりものはいく。あっちの厨房で作られる料理は、質より量だ。腹を減らした大勢の使用人たちが、仕事の合間にいつ来ても食べられるよう、効率よく一度に大量の粥《かゆ》や煮込みを作ることになる。凝《こ》った料理や種類を多く作ることはないから、雇う厨師の数もこっちの半分だ。足《た》りない分はこっちから融通《ゆうずう》することになるだろうな」

前院の厨房には、本格的な洋風の石窯《いしがま》を造る計画もある。また、前院と後院に挟まれた中院にも、もうひとつ厨房を造ることを永璘は検討しているという。そこで満《まん》族と華北《かほく》の料理だけではなく、華南《かなん》の漢席料理をも作れる厨師を雇い、慶貝勒《ベイレ》府の特色とするのだと。

「この慶貝勒府は、数ある王府のうちでは一番新しい。老爺は大らかなお人柄《ひとがら》でおられるから、ほかの王府と張り合おうというお気持ちではなさそうだが、何かしら他所《よそ》よりは優れた特性はあったほうがいい。瑪麗《マリー》の考えた木瓜《もっか》琥珀羹《こはくかん》や雲彩蛋餅乾《ユンサイダンビーガン》は、この春節の贈答にとても喜ばれた」

「私が考え出したわけじゃ、ないんですけど」

マリーは気恥ずかしくなって謙遜《けんそん》した。どちらもフランスの伝統的な菓子で、菓子職人であった父親に教えられたり、勤めていたホテルのパティシエ部門で学んだレシピだ。

それに、マリーが持ち込んだカスタードクリームを、燕児《えんじ》が揚《あ》げ饅頭《まんじゅう》の餡《あん》にしたのも、王府内では好評であるという。とはいえカスタードクリームを包む生地《きじ》については、まだ試行錯誤を重ねていて、王府間の贈答品として、慶貝勒府の点心目録に加えられる完成品にはいたっていない。清国の伝統的な饅頭《マントウ》や花捲《ホアジュアン》の自然発酵《はっこう》させたふわふわした皮と、フランス風のさくさくした練り込みパイ生地と、どちらがよりおいしく仕上がるか、あるいはおいしく感じるか、これは点心局内でも意見が分かれている。

「ま、仕事に復帰したばかりで、新しい膳房に慣れるのも大変だったろう。明日はゆっくりと休むこった」

高厨師はそう言ってマリーを労《ねぎら》った。

上位にある者が配下を褒《ほ》めたり労ったり、ということは清国の職人世界では滅多《めった》に見られることではない。高厨師もマリーが勤め始めた頃は例外ではなかった。

高厨師は円喜という名の通り、顔も胴体も自ら作る包子《パオズ》や饅頭のように丸々と太っている。ふだんは見た目そのままに温和な三児の父親だが、厨房の忙しさが頂点に達すると、情け容赦《ようしゃ》なく指示を怒鳴《どな》り散らす。ヘマや失敗をやらかした徒弟を、麺棒《めんぼう》や棒たわしで叩くのは日常茶飯事《さはんじ》だった。

年季の入った料理人が横柄《おうへい》で人使いが荒いのは、何も清国に限ったことではない。マリーがパティシエール見習いとして勤めていたパリの高級ホテルでも同じだ。厨房を王国に見立てれば、料理長《シェフ》は絶対君主制国家の王様のごとく、各部署の長は公爵《こうしゃく》様のように、部下に対して絶対の権力を持つ。

しかし、このごろの高厨師は、最も忙しい時間帯をのぞけば、怒鳴り声をあげることが少なくなった。調理助手の燕児と、徒弟仲間の李二《りに》と李三《りさん》は、マリーが帰ってきたからだろうと推察している。

「ありがとうございます。あの、それでお菓子の材料を少しいただきたいんですが。明日、杏花庵《きょうかあん》でいろいろ作りたいので」

高厨師は目を丸くしてマリーを見つめ返した。

「休みの日にまで甜心《てんしん》作りか。瑪麗《マリー》はまったく、芯《しん》から糕點師《ガオディアンシー》だな。要《い》るだけ持って行け。使った分は倉庫から補充しておけよ」

高厨師は腹を揺すって笑った。

新入りの外国人であるマリーが特別扱いされていることに、不満を抱える使用人は多い。しかし高厨師はマリーの甜心作りの腕をちゃんと認めて、将来性のある徒弟として扱ってくれている。

高厨師を見送ったあと、ふたつ年下だが兄弟子の李三がマリーに話しかけてきた。

「明日は西洋菓子を作るのか」

十五歳の李三は、西洋の菓子を試食するのをとても楽しみにしている。しかしこのところ、新しい膳房に慣れるのに精一杯だったこともあり、洋菓子作りはしばらく中断していた。

「うん。作ったらすぐ出かけるけど、点心局の味見分は保存庫の壺《つぼ》で冷やしておくから、早めに食べてね。クレーム・シャンテを使うから、長く置いておくと傷《いた》んじゃう」

「わかった」

李三は歯を見せてにかっと笑うと、片付けを終える。

翌朝、マリーはいつもよりさらに早起きをして杏花庵へ行った。煉瓦《れんが》の窯《かま》に火を入れて、窯が高温になる間に生地を整え、シュー・ア・ラ・クレームの皮を焼く。

きつね色に焼き上がったシューに、泡立てた生クリームとカスタードクリームを層にして挟み、そのうち特に色味のきれいな十二個を取っ手のついた漆塗《うるしぬ》りの木箱に収めた。

残りは膳房へ持って行き、保存庫の風通しのよいところに並べられた、素焼きの大きな水瓶《みずがめ》のひとつに盆を浮かべ、その上に器を載せて水瓶に蓋《ふた》をした。

これで点心局の皆は、膳房の熱気で火照《ほて》った体を冷たいクレーム・シャンテとカスタードクリームで冷やせるはずだ。

一度沸騰《ふっとう》させて冷《さ》ました水を素焼きの壺に満たし、日の当たらない涼しい場所に置いておく。時間が経つとともに壺の中から表面へとしみ出る水が、外気に触れて蒸発するときの気化熱によって、壺の中の空気と水は常に冷たく保《たも》たれるのだ。

井戸や流水から離れた場所で、真夏でも冷たい水を確保するために、太古の昔から蓄《たくわ》えられてきた人類の知恵だ。大陸の西でも東でも、同じ方法で夏に冷たい水を確保したり、冷蔵に活用したりしているのは不思議議に思われる。

この壺を持ち歩くことができれば、冷たい菓子をどこへでも配達できるのに、とマリーは嘆息《たんそく》した。水の入った壺は持ち歩くには重すぎる。

漆塗りの箱は陶器よりも保冷効果はあるが、中に入れておく氷がなければ、長時間は保たない。

まだ朝は早いのに、戸外の空気はすでに『暖かい』から『暑い』の中間あたりだ。

マリーが箱を抱えて杏花庵を出ると、侍衛《じえい》の何雨林《かうりん》が表で待っていた。

「おはようございます。何さん」

「おはようございます。趙小姐《ちようシヤオジエ》」

雨林は丁寧《ていねい》に挨拶《あいさつ》を返す。マリーが慶貝勒《ベイレ》府の界隈《かいわい》から離れて遠出するときは、必ず侍衛が護衛としてついてくる。北京《ペキン》に住み始めて一年も経たないマリーは知り合いも少なく、行く場所は決まっている。道は覚えたし、明るい昼間にしか行かないのだから、マリーとしては護衛は必要ない気がするのだが、永璘がこれだけは譲らない。

「主日のミサに出て、帰ってくるだけなんですけど。そろそろひとりでも行けますよ」

無駄《むだ》だろうと思いつつ、提案してみる。雨林は、生真面目《きまじめ》さよりも冷淡な印象を与える一重《ひとえ》の切れ長の目でマリーを見下ろした。植物素材の笠《かさ》を赤い羅で覆《おお》った夏の官帽の頂《いただき》には、玉の飾《かざ》りが夏の陽光を弾《はじ》いている。

「老爺《ラオイエ》のご命令です」

以前、主日のミサを終え、いつもどおりすぐに帰宅せず、東堂と呼ばれる聖ジョセフ教会へ立ち寄ったことを永璘に注進されてからは、守られているというよりは監視されているという空気を強く感じるマリーだ。もちろん、キリスト教が禁じられたこの国で、キリスト教徒の外国人、それも女子がひとりでうろうろしているのは、雇用主の永璘にとって都合が悪いのだろう。慶貝勒府に近い宣武門《せんぶもん》にある南堂へ、供や護衛を連れずに行くのは問題ないようではあるが。

何雨林は永璘の養母、頴妃《えいひ》の一族巴林《バリン》氏の出だという。永璘が成人する前からこの末皇子の護衛役を担《にな》ってきた雨林は、主人の命令にとことん忠実な武人だ。つまり、堅物《かたぶつ》で融通が利《き》かない。丁寧に整えた口ひげと顎《あご》ひげがダンディな印象を与えるところなど、女性にもてそうなのに、浮いた話ひとつ聞かない。

——雨林さんは、きりっとした表情も、姿勢の正しいたたずまいも、とてもかっこいいのになぁ。帽子《ぼうし》の下に髪の毛はないけど。

清国人の男性は、頭頂から前髪、そして側頭の髪を剃《そ》り落とし、後頭部の髪だけを長く伸ばして辮子《ベンツ》と呼ぶお下げにし、背中に垂らしている。法律で定められた髪型らしいが、そのためにマリーはよく知らない男たちがみな同じように見える。特に労働階級の男性群は、誰も彼も灰色あるいはくすんだ茶色の短袍《ダンパオ》に、ぶかぶかのズボンをはき、同じ髪型であるために、よほど特徴のある顔立ちか体格でもしていない限り、まったくもって見分けがつかない。

雨林ら王府の警護をする侍衛たちも、帽子や髪型、制服がすべてそろっているので見分けるのは大変だが、マリーはかれらのひげの長さやスタイルで見分けることにしている。

どうがんばっても見分けられないのは太監《たいかん》たちだ。後宮で皇帝や皇族に仕えるために去勢させられた宦官《かんがん》を、清朝では太監と呼ぶ。かれらの身なりは役付きでもない限りみな同じで、ひげのないつるりとした顔もまた、判で捺《お》したように似たり寄ったりだ。マリーは杏花庵の管理人をしている黄丹《こうたん》と、正妃である鈕祜祿《ニオフル》氏付きの近侍太監たちの名前と顔を覚えるのが精一杯だった。

マリーはふぅ、と小さくため息をつくと、「さぁ、行きましょう」と先に立って歩き出した。

少なくとも、雨林はマリーに好意的な清国人のひとりだ。永璘の欧州外遊の随員《ずいいん》として同行し、混乱する革命下のパリから脱出を果《は》たして、北京《ペキン》への長い旅をともにした。マリーのことをほかの使用人のように名前で呼び捨てにせず、敬意をこめて『趙小姐《ちょうシャオジエ》』と呼ぶ。小姐は『お嬢様』くらいの意味らしいので、厨房の徒弟ふぜいには過《す》ぎた呼び方だ。

内城を北へ向かう。いくらもしないうちに汗が出てくる。熱気がクリームを溶かさないよう、井戸でよく冷やしておいた陶器の器に入れ、さらに器ごと漆塗りの木箱に収めているので、半刻《はんとき》も持って運ぶには少々重い。皇城《こうじょう》の西門に着くころには、マリーの息は上がっていた。

「疲れましたか。荷物、持ちましょうか」

雨林はマリーのようすをよく見ていて、声をかけてくる。

「いえ、大丈夫です。あと少しですから。それに、護衛なのに何さんの両手がふさがってたら、いざというときに使えなくなって大変です」

マリーの頭上でくすりと笑う気配がした。謹直な雨林が声を出して笑うところをマリーは見たことはないが、口ひげの奥でふっと息を吐くような笑い方は、職業に似合わぬ温厚さが滲《にじ》み出ている。

「武器を持った侍衛がついているというだけで、与太者《よたもの》は手を出してこないものですよ」

永璘や雨林が警戒しているのは、ひとり歩きの若い娘にちょっかいを出す与太者ではないことは、マリーも漠然《ばくぜん》とわかっている。永璘皇子に意趣《いしゅ》を抱えた人間から見れば、外国人でキリスト教徒のマリーは格好の標的だ。

いかにも末っ子らしく、鷹揚《おうよう》で暢気《のんき》な性質の永璘を敵視する人間がいるとは思えないが、享楽的《きょうらくてき》で、周囲に無頓着《むとんちゃく》なところと、今上帝《きんじょうてい》の末皇子という恵まれた境遇だけで妬《ねた》みを買う可能性はある。

周りがどう憶測《おくそく》を巡らせようと、永璘は皇位に興味がなく、三人の兄皇子と張り合うつもりは一切ないらしい。膳房の増築も、政治とはまったく関係のない趣味にお金と熱意を傾《かたむ》け、野心など持ち合わせていないという演出かもしれない。

もっとも、政治的野心とはかかわりなく、王侯貴族が政治と無関係の趣味に没頭《ぼっとう》することは、珍しくないのだが。

——国王さまは錠前《じょうまえ》造りに打ち込むあまり、ご夫婦生活がおろそかになっていたというし——

マリーは祖国の君主、ルイ十六世を思い返す。

そういえば、ルイ十六世は狩猟《しゅりょう》にも夢中であったために、宮殿に帰るころにはすっかり疲れ切っていて、そのために新妻と過ごす時間がなかったなどというゴシップもまことしやかにささやかれていた。狩猟といえば——

「ねえ、何さん」

息を切らさぬよう少し歩調を落としつつ、マリーはふと不思議に思ったことを訊《たず》ねる。

「満洲族《まんしゅう》って、狩猟民族だったんでしょう？　老爺《ラオイエ》や兄皇子さまたちが狩猟なさっているところ、見たことがありませんけど」

しかも、永璘の同母兄で次期皇帝の期待も高い第十五皇子永琰《えいえん》など、乗られる馬が気の毒なほど太っている。狩猟などという、激しいスポーツをするようには見えない。

「狩猟は避暑地の熱河《ねっか》の北、木蘭《もくらん》という狩り場で行われます」

ヴェルサイユ宮殿はパリの郊外にあったので、王家は毎日のように狩猟にでかけられたのだろう。大都市北京のど真ん中に宮城や王府の集中している清の宮廷《きゅうてい》は、気軽に狩猟にはでかけられないようだ。

「狩猟民族ってことは、満洲人の女性も馬に乗って動物を狩ったりするんですか」

花盆靴《かぼんぐつ》という、底を高く上げた清国貴人女性の靴を思い出しながら、マリーは訊ねた。

日常の動きがかなり制約されて、運動などできそうにないが、乾隆帝《けんりゅうてい》の末皇女、和孝《わこう》公主は乗馬も身軽にこなす。その和孝公主は、結婚するまでは男装して狩猟に参加していたともいう。

「満洲族の女性にとっては、乗馬は刺繍《ししゅう》や縫《ぬ》い物と同じように、たしなみのひとつですよ。女性の長袍《チャンパオ》も、男物と同じように左右の裾《すそ》が縫い合わされていないでしょう？　身分の高低に関係なく、誰もが馬に跨《また》がり走らせることが生活の一部だったからです。といっても、それは昔の話で、いまどきでは乗馬をこなせる女性は、馬を所有できる富裕の旗人《きじん》階級に限られますが。森や草原と違って、内城で飼葉を調達するのはお金がかかりますから」

永璘の正妃、あのしとやかな鈕祜祿《ニオフル》氏も乗馬するのか、とマリーには想像もつかない。

「清国では高貴な女性ほど、乗馬に長《た》けているということですね。フランスでは、女性が馬に跨がって狩猟に参加するのってあり得なかったんですよ。いまの王妃さまが、当時は皇太子だった王さまの狩猟にどうしても同伴なさりたくて、男の人と同じように乗馬できるようにズボンを穿《は》いて狩りに出たら、周りからとても非難されたんです」

マリーの話に興味を覚えたのか、雨林はマリーを見下ろして不思議そうに訊ねる。

「馬に跨がらずどうやって乗馬するんですか。乗馬はいきなりできるようにはなりませんから、その王妃は以前から馬に乗ることはできたんですよね」

「女性用の鞍《くら》があるんです。こう、横向きに。ドレスが乱れないように膝をそろえて座れる鞍が」

マリーは立ち止まり、膝をそろえて少し曲げて見せた。箱を手綱《たづな》に見立てて軽く両手を上げ、上体を横へひねる。雨林は細い目を見開き、くっくと音のない笑いを漏《も》らす。

「それでは……重心が片方に偏《かたよ》ってしまい、馬にとっては走りにくそうですね」

「乗るのも怖そうです。背中側が見えないし、ずっと腰をひねって前を見ていないといけないので。乗ったことないから、知らないんですけど」

雨林は遠くを見る目つきをして、言葉を続けた。

「俺自身、ご先祖が満洲《まんしゅう》の地でどうやって暮らしていたのか、古老の話でしか知りません。どこまでが遊牧の民である蒙古人《もうこじん》の暮らし方で、どこからが俺たちの祖先にあたる遊牧も農耕もする女真《じょしん》族の在り方だったのか——満洲人というのは、当時北方に住んでいた、漢《かん》族を含む諸民族を統合した呼び名なんです。いまの俺たちは城下の町に住み、食べ物は城の外から運ばれてくるのを待つだけで、自ら狩りをしたり、家畜や作物を育てることをしない。満族の誇《ほこ》りを口にする割には、普段は漢語を話し、父祖の言葉は教師に習わなければ覚えることも話すことも難しい」

話しすぎたと思ったのか、言葉を途切れさせ前を見つめて歩く雨林をそのままに、マリーもまた黙って足を前へ前へと進めた。

いつもの雨林は必要なことしか言わない。マリーの質問には過不足なく答え、知っておく必要があると判断した事柄は丁寧に教えてくれる。しかし、彼自身の内面や考えを話すことは、これまではほとんどなかった。

ゆるゆると歩いていくうちに、やがて北堂に着いた。石造りの西洋式建築に、荘厳《そうごん》な尖《せん》塔《とう》の聳《そび》える聖堂は、ヨーロッパに帰ったような安心感をマリーに与える。

マリーは雨林に向き直り、送ってくれた礼を言った。

「あと、今日は少し遅くなるかもしれません。アミヨー神父さまにご相談があるので」

「わかりました。いつもより半刻ほど遅らせてお迎えに上がります」

正午を過ぎると、石畳《いしだたみ》に反射する太陽熱は堪《た》え難《がた》い。あまり長く待たせるのは気の毒だと気を遣《つか》うマリーを察して、雨林はうなずいた。余計な詮索《せんさく》をしないのも嬉しい。

礼拝堂の内側はひんやりとして、器の中のシュー・ア・ラ・クレームがすぐに傷《いた》んでしまう心配はなさそうだ。マリーは持ってきたヴェールを被《かぶ》り、ロザリオを繰《く》りながら聖歌を歌い、福音《ふくいん》に耳を傾けた。

アミヨーの奏《かな》でるパイプオルガンの聖歌と、聖職者がラテン語、フランス語、そして北京語で語るありがたい福音に、マリーの魂《たましい》は浄化されていく。

ミサは滞《とどこお》りなく終わり、参列者にマリーの姿を見つけたアミヨー神父と微笑を交《か》わす。

ひとの波が退《しりぞ》くのを待って、マリーはアミヨーに挨拶をした。

「久しぶりだね。元気そうで安心したよ」

「ご無沙汰《ぶさた》しました。新しい膳房の落成と、その祝いに穎妃《えいひ》さまが王府を訪問なさったんです。もう王府を挙げての催《もよお》しで、何日も前から準備が大変でした。そのあと謹慎が解けて点心局に戻れたんですが、新築の膳房に慣れるのがそれはそれは大変で」

満面の笑みを浮かべて、矢継ぎ早に近況を報告するマリーを、アミヨーは片手を上げて制した。

「告解室で話す必要はなさそうだ。応接室に来なさい。礼拝堂で立ち話もなんだからね」

久しぶりの礼拝とアミヨーの音楽に心洗われたマリーは、興奮のあまり相手の都合も聞かずに自分の話を始めてしまった。

マリーは慌てて謝罪しつつ、菓子を入れた箱を差し出す。

「すみません。お会いできて、嬉しかったものですから。あ、これ、シュー・ア・ラ・クレームです。数は十二個あります。足りますよね」

「いつもすまないね。皆も喜ぶ」

アミヨーは相好《そうごう》を崩して笑い、近くにいた宣教師のひとりを呼び寄せて菓子箱を渡し、応接室に二人分の紅茶を運ぶように頼んだ。

「あの、クリームが融《と》ける前に召し上がってくださいね」

アミヨーは楽しげに微笑《ほほえ》んだ。

「この教堂の地下には、一年中ひんやりとした室温を保つ貯蔵庫がある。それに、必要であれば氷もいつでも作れるからね」

「真夏に氷が作れるのですか」

「おや、マリーは知らなかったのかな。パティシエールとしては勉強不足だね」

アミヨーは謎めいた笑みを返す。マリーはそれがアミヨーの冗談《じょうだん》なのか、本気で言っているのか判断しかねて、考え込んでしまった。

開け放された応接室の窓からは、爽《さわ》やかな夏の風が入り込み、四角く切り取られた青い空を背に、濃い緑の梢《こずえ》が揺れている。

東堂へカスティリヨーネの絵を探しに行ったことを、永璘に知られて叱《しか》られたこと、顒《えい》妃《ひ》が慶貝勒府《ベイレ》を訪れた祭のような一日、そして謹慎で厨房を閉め出されていた数ヶ月が、まるでなかったことのように思われる、忙しい点心局の日々。

ときどき紅茶で喉《のど》を潤《うるお》しながら、マリーは久しぶりに祖父に会えた孫が近況を報告するかのように、立て板に水の勢いで話し終えた。マリーが話す間に、シュー・ア・ラ・クレームを食べ終えたアミヨーは、紅茶を口に運んでから満足げにうなずいた。

「うまくいって良かった。顒妃を味方につけられたのは、まことに運が良い。いま後宮でもっとも敬《うやま》われている妃と聞いている。それでは、しばらくは慶貝勒府でパティシエールを続けることができるのだね」

「はい。第十五皇子さまのご機《き》嫌《げん》さえ損じなければ」

マリーはにっこり笑ってうなずいた。その第十五皇子は父親の皇帝とともに避暑地の熱河だ。夏が終わるまで帰ってこない。マリーは熱河がどこにあるのかは漠然としか知らないが、馬車を連ねた行幸《ぎょうこう》は何日もかかるらしい。清国の宮廷が夏を過ごすのは単に避暑のためではなく、蒙古の王侯らの表敬を受けるためであると、マリーは雨林から説明されている。

「蒙古人と満洲族は違う言葉を話すんですよね。江南《こうなん》を旅していたときも、老爺《ラオイエ》が漢人と話すときは通訳を必要としていました。最近なんとなくわかってきたことですが、清国って、ヨーロッパがまるっとひとつの国になっている感じなんでしょうか」

フランス語を話すフランス人はフランスという国を、ドイツ人はドイツ人の国を、イタリア人はイタリアの、ポルトガル人はイベリア半島をスペイン人と分け合い、ベルギー王国やオランダ共和国は小さいながらも自立した国を営《いとな》んでいる。みな違う言葉と文化を持って独立し、それぞれが対等に手を取り合い、あるいはいがみあって戦争をしているが、清国では多数の異なる民族がゆるやかに連合して、満洲人の皇帝を宗主として奉《たてまつ》っているというイメージがマリーのなかでできあがっている。

「そうだね。かつてヨーロッパの大部分はローマ帝国によって支配されていた。当時はゲルマン人、ゴート人、ブリトン人などと呼ばれていたヨーロッパの民は、ローマの皇帝に服属していたという。ローマ帝国が最も栄《さか》えたときは、西はスペイン、北はブリテン島、南はエジプト、東はメソポタミア全域とカスピ海の西岸まで領土が及んだという。それぞれを属州として分割し、皇帝によって任命された総督《そうとく》が治《おさ》めて、税をローマの皇帝に納《おさ》めていた」

「ヨーロッパから小アジアまでが、ひとつの国だった時代があるんですか。それって、いつごろの話ですか」

アミヨーの語る歴史と地理の感覚がまったく理解できないマリーは、せめてどのくらい昔の話なのかわかろうとした。

「至高なるトラヤヌス帝の時代だよ。神の子が地上に生まれて、およそ百年後のことだ」

マリーはこれまで、イエス・キリストが生誕する以前の世界も、カトリック教会が存在しない時代も、想像したことはなかった。ローマ帝国の栄光も、おそろしく太古の世界、神の英知が地上を照らす以前の、暗黒の時代としか思えない。

「そういう大昔の体制を、清国は続けているのですね」

マリーの中では、清国は神の威光を知らぬ古代に生きる、化石のような国という印象ができあがっていく。アミヨーの説明が悪いわけでは決してないのだが、聖書を至上とする日曜学校の教育しか受けたことのないマリーのような一般庶民には、世界や歴史に対する知識がもともと絶望的に欠落しているのだ。歴史についての正しい理解や考察など、およそ不可能なことであったろう。

「ところで、アミヨー神父さまにお願いがあるのですが」

マリーは雨林に迎えを遅らせた理由を思い出して、話題を変えた。

「私にできることなら」

アミヨーは快《こころよ》くうなずく。

「絵を、教えていただきたいのです」

軽い驚きが、アミヨーの皺《しわ》深い顔を彩《いろど》る。

「マリーが絵を描くのかな」

「はい。ピエス・モンテを作るのに、花や建物の絵が描けると、とても役に立つのです。

レシピを保存するときも、お菓子の絵が添《そ》えてあるとわかりやすいかと思います。私たちはお菓子の名前を聞いただけで、それが何かは知っていますが、清国のひとたちには想像もつかないのです。それに――」

マリーは少し口ごもったが、やがて決心して心の内を明かす。

「私が上手に絵を描けるようになったら、絵や画材がそのあたりに置いてあっても誰も気にしないですよね。老爺《ラオイエ》のだって誰も気づかないでしょうし。その、老爺の絵と私のでは、才能も技術も段違いではありますけど、とりあえず隠《かく》れ蓑《みの》になるというか……老爺が、もっと気軽に絵を描ける環境を作れるんじゃないか、って。その、老爺はアミヨー神父さまに絵の批評や指導をしてもらっていたと聞いて」

マリーは動悸《どうき》が高まり、うまく順序立てて話せない自分に苛立《いらだ》った。永璘のために何かしたい、そのためにアミヨーに協力を求めることが、どうしてこんなに緊張するのだろう。

「なるほど、それは一案ではあるね。しかし、私は音楽家であって、画家ではない。すでに高度な技術で描かれた絵について思ったことを述《の》べたり、聞きかじりの技法について言及することはできるが、一から絵の描き方を教える知識も技術も持ち合わせない」

「そうですか」

申し訳なさそうに断るアミヨーに、マリーはがっかりしてうつむいた。

「だが、手立てがないわけではない。少し、待ってくれないか」

アミヨーは立ち上がり、応接室を出て行った。マリーはしばらくの間、ただ外から聞こえてくる鳥の鳴き声に耳を澄《す》ませるほかにすることがない。暖炉側の壁に飾られたフランス王と王妃の肖像を見上げて、祖国はいまどうなっているのだろうと想いを馳《は》せる。

マリーは王妃を崇拝《すうはい》に近い熱心さで敬愛していたので、ヴェルサイユ宮殿を追い出され、長く修繕《しゅうぜん》のされてないテュイルリー宮殿に幽閉《ゆうへい》されているという王家を思うと、ひどくやりきれない気持ちになる。

北堂には欧州《おうしゅう》から船が着くたびに、フランスの現況を知らせる書簡が届けられているという。しかし、アミヨーはその話題をマリーの前で持ち出すことはしない。訊かれたときだけ、おおまかな状況を教えてくれる。アミヨーによれば、現在のフランス国内は、さまざまな思想団体が政治権力を掌握《しょうあく》しようと、醜《みにく》い争いを続けているということであった。いまだ状況がどう転ぶかはわからないが、無教養な階級が権力闘争に明け暮れて自壊を始めれば、民衆はふたたび王室による支配を求めるであろうということであった。

『イングランドでは、前世紀には清教徒《せいきょうと》らが革命を起こし、王家を追放し共和国となったが、結局は議会の混乱を収拾できずに、十年後にはチャールズ二世を呼び戻して、伝統ある王国に戻った。今回もそうなるのではないかと思う。立憲君主派と穏健《おんけん》派が手を結べば、長く待つこともないだろう。それまで国王陛下《へいか》と王妃陛下には、辛抱強く時を待っていただきたいものだ』

マリーを不安にさせないための気遣いであろうが、アミヨーは具体的な状況よりも、彼の希望的観測を話して聞かせた。しかし、曖昧《あいまい》な情報しか渡されないと、かえって不安を募《つの》らせるものだ。それに、追放された当時のイングランド王は、共和主義者によって処刑されたことをアミヨーは言わなかった。王政復古によりふたたび戴冠《たいかん》したイングランドの王は、処刑されたチャールズ一世ではなく、息子の二世のほうであったことを。

マリーはふうと息を吐き、ティーポットから紅茶を自分のカップに注いだ。暑いから、すぐに喉が渇《かわ》く。しかしぬるく冷めた紅茶は舌に渋みと苦みだけを残して喉をおりてゆく。

敬愛する王妃マリー・アントワネットの兄であり、最大の庇護者《ひごしゃ》であったオーストリア皇帝ヨーゼフ二世の訃報《ふほう》を聞いたときには、マリーは愕然《がくぜん》とした。王妃の母であった女帝マリア・テレジアはすでに亡く、フランス王室の危機にあって王妃が心から頼りにしていたのは、ともに育ったヨーゼフ二世であったろう。母も兄も失い、異国で夫とともに幽閉されたマリー・アントワネットの心痛と不安を思うと、マリーまで胸が苦しくなる。

そしてその痛み以上にマリーを落胆《らくたん》させたのは、ヨーゼフ二世の訃報をマリーにもたらしたのは、アミヨーではなく南堂のポルトガル人神父ロドリーグであったことだ。しかも、昨年の二月に崩御《ほうぎょ》したということであったから、アミヨーはずっと前からそのことを知っていたはずである。

祖国の政情やヨーロッパの情勢について話し合う甲斐《かい》のない、取るに足らない小娘だと思われているのかもしれない。実際、マリーが祖国や王室のためにできることなど何ひとつなく、いまの自分の居場所を維持するだけで精一杯だ。生まれ育った国から逃げ出した自分が王家を心配するなどおこがましいことではあるが、マリーは胸の前で十字を切り、王室の無事をひたすらに祈った。

あまりに熱心に祈っていたので、アミヨーが同僚《どうりょう》の宣教師を連れて応接室に戻ってきたことにも気づかなかった。声をかけられて、夢から覚《さ》めたように顔を上げる。そこには顔見知りではあるが、口を利《き》いたことのない初老の神父が立っていた。首が太くて肌艶《はだつや》は良く、アミヨーよりも皺が少ないこともあり、ずっと若く見える。

頭に一本の髪もないその聖職者は、気難しげな顔でマリーをじろじろと見た。

「このお嬢さんが、慶貝勒《ベイレ》の」

そこで言葉を切った神父の語尾を引き取って、アミヨーがふたりを紹介した。

「いつもおいしい菓子を差し入れてくれるマドモアゼル・マリー・フランシーヌ・趙・ブランシュだ。絵を習いたいというので、君に手ほどきをしてもらえれば、と思うのだが。マリー、こちらは画師のジョセフ・パンシ神父だ。カスティリヨーネ助修士の残した画院で、清国人の画学生に絵を教えている」

「パンシ神父さま。パティシエール見習いのマリーといいます」

マリーの丁寧な会釈《えしゃく》と自己紹介に、パンシはかぶりを振った。

「女の身で、パティシエだけでなく絵描きにもなろうとは。男に交じって画院に通うつもりか。貝勒の許可は得ているのかね」

「あ、まだです」

絵にも造詣《ぞうけい》の深そうなアミヨーに、個人レッスンを受けられたら幸運くらいに思っていたマリーだ。清国人の男たちに交じって画院に通うことなど想像もしていなかったし、アミヨーの都合を訊く前に永璘に話す必要は感じていなかった。

「パンシ、マリーが画院に通うのは無理だろう。貝勒府《ベイレ》の厨師見習いとして、忙しい日々を送っているマリーだ。絵を学ぶといっても、画家になるためではなく、ピエス・モンテに使う静物や建物の写生と、レシピ帳に載《の》せる挿絵《さしえ》を描く技術を習得したいそうだ」

「女子の趣味に付き合うほど、暇《ひま》ではない。肖像画の依頼は絶えぬし、画院での指導も忙しい。妙齢の女子が画院に出入りするのは問題もある」

とても迷惑そうに言われて、マリーはしょげてしまう。絵描きになりたいわけでもない若い娘が、宮廷御用達《ごようたし》の画師にいきなり絵を教えてくれと言いだせば、清国だろうとフランスだろうと、パンシの反応が普通なのだ。

「だが、アミヨー会長の頼みならば仕方がない。わしが北堂に来る主日のミサのあとになら、わずかだが時間をとろう。それでよければ」

マリーは少し驚いた。ひどく気難しげで、女性に絵を教えることをよしとしない空気を漂《ただよ》わせるパンシが、そんなにあっさりと引き受けてくれるとは思えなかったからだ。

パンシがアミヨーの姓に役付きの肩書を添えたのも驚きだ。

北堂では孤立しているような印象をマリーに与えていたアミヨーだが、マリーが生まれた前の年に廃止された耶蘇会《やそかい》のフランス耶蘇会長として、パンシはいまでもアミヨーに敬意を払っている。

「パンシ神父は来華してすぐに皇上の肖像画を描くよう御諚《ごじょう》を賜《たまわ》り、その複製画がヨーロッパで出版されたこともある」

乾隆帝の前に伺候《しこう》し、その竜顔を写生する栄誉《えいよ》を賜ったということだ！　正真正銘の宮廷画師で、しかもカスティリヨーネを知っているかもしれない。

「ありがとうございます！　よろしくお願いします」

マリーは喜びに笑みを広げ、明るい声で礼を言った。パンシはにこりともせずに、手招きをする。

「今日はあまり時間がない。わしの部屋に来なさい。鉛筆や木炭の持ち方はわかるかね。触ったこともない？　では今日はそこからだ」

アミヨーは微笑を湛《たた》えてマリーとパンシを見送る。マリーは小さく礼をして微笑み返し、パンシのあとについて行った。

パンシの部屋はひどく殺風景であった。

画材などは画塾である画院や、如意館《にょいかん》という職人の作業場に置いてあるという。北堂の自室に置いてあるのは、構図やイメージが閃《ひらめ》いたときに描きつけておくのに最低限の道具のみとパンシは言ったが、それでもマリーの目には、絵の道具だらけの部屋に見えた。殺風景に見えたのは、書き散らしのスケッチやデッサン画と、絵の道具以外の物が見当たらなかったからだ。

卓に置かれたパンも真っ黒で、食べるためにあるわけではなさそうである。

清国ではキャンバスも油絵の具もあまり使われないが、パンシは写生や下書きには昔ながらの木炭や鉛筆を使用する。革命のために本国から画材が送られてこなくなり、鉛筆も不足し、初心《しん》者の下書きや練習にはもっぱら木炭を使うらしい。

鉛筆の芯となる黒鉛は、イギリスの特産品だとマリーは聞いたことがある。フランス経由で入手する必要があるのだろうかとマリーは首をひねった。

「イギリス商人から買えばいいのではないですか」

マリーの無頓着《むとんちゃく》な問いに、パンシはむっつりと返す。

「革命が長引けば、そうすることになるだろうが、足下を見られそうだ」

「うんとふっかけられてしまうんですか」

「それならば問題はない。ふっかけられるのは政治的な難題だ」

パンシはそこで口をつぐんでしまった。アミヨーと同じように、マリーとは政治的な話をする気はないらしい。

イギリス王国は清国に国使を派遣《はけん》したがっているが、乾隆帝が会おうとしないために、在地のイギリス人外交官は焦《あせ》っている。清国の宮廷に入り込んで芸術活動を行い、皇帝に謁見《えっけん》する資格のある画師は、かっこうの手蔓《てづる》となるだろう。フランスでは法律が変わってしまい、聖職者の財産が国有にされてしまったことなど、本国の先行きがまったく予測できないフランス人の聖職者にとっては、フランス国王ルイ十六世によって下賜《かし》されてきた彼らの年金も、いつまで支払われるかわからない。いつ収入源を断たれるかという在地宣教師の不安――といったおとなの事情をマリーが知るのは、もう少しあとのことになる。

「料理や菓子の絵を添えたレシピ本を作りたければ、将来的には印刷することも考慮《こうりょ》して、細密な線画を中心に練習するのがよかろう。鉛筆を使いこなせるように訓練しなさい」

そう言って、パンシは自らの筆箱の中から、短くなった鉛筆を何本か取りだし、小刀を片手に持ち、マリーの目の前で削《けず》って見せた。

手持ちの紙を広げ、種類や用途、産地などの説明をし、書き散らしのスケッチ画の裏を使って、鉛筆や木炭を使わせてくれる。

「使いさしばかりだが、持って帰りなさい。次の主日までに、目についた物を写生して、持ってくるように。週に一度ではたいした指導もできないが、少しずつやっていこう」

初日は時間がなかったこともあり、絵の道具の説明だけで終わった。

マリーが外に出ると、日はすでに中天を過ぎていた。戸外で長時間マリーを待っていた何雨林の顔は、暑気のために赤くなっていた。

「何さん。待たせてしまってごめんなさい。お話が長引いてしまって。どこかでお水をもらいましょう」

「いえ、遅くなると老爺《ラオイエ》がご心配なさいます。寄り道せずに帰ります。趙小姐《シャオジエ》がお疲れなら、轎《かご》を手配しますが」

「大丈夫です。歩けます」

この暑いのに、幌《ほろ》に覆われた暑苦しい轎なんぞに押し込められて、揺られながら帰りたくない。マリーは慌てて元気に歩き出す。

その後ろ姿を、アミヨーとパンシが教堂の窓から見送っている。

「あの娘が、我々の切り札になりますかな」

パンシが疑わしげに禿《は》げ上がった額《ひたい》を撫《な》でた。アミヨーは嘆息《たんそく》して応じる。

「なるかもしれないし、ならぬかもしれない。ただ、乾隆帝はすでに高齢でおいでだ。次の皇帝がキリスト教に寛容であれば、我々の信仰の命脈も保たれる。望みがあるうちは、可能性の芽は枯《か》れぬように育ててゆかねばならない。だが、ブールジョワ堂長とグーヴェヤ司教には、まだ何も言わないでくれ。あの娘は、巻き込まずにすむならば、巻き込みたくない無垢《むく》なる魂だ。それに慶貝勒《ベイレ》に警戒されては、すべてが台無しになる」

パンシは思慮深げにうなずいた。高齢の耶蘇会士たちと違い、北京に着いたその前年に耶蘇会が廃止されてしまったパンシは、宣教師たちの黄金期を知らない。天文学や数学、精密機器が康熙帝《こうきてい》や乾隆帝の賞賛と厚遇《こうぐう》を得た時代は、パンシが清国の地を踏《ふ》んだときには、すでに過去のものとなっていた。

かれはいま、その才能を乾隆帝に寵愛《ちょうあい》された宮廷画師、アッチレやカスティリヨーネの残滓《ざんし》の中で、西洋画の種をなんとか東洋に根付かせようと無駄な努力を続けている。帰国を許されないかれの現在と未来には、他にすることもできることもなかったからだ。

菓子職人見習いと、悩める使用人たち

慶貝勒府《ベイレ》へ帰る道々、何雨林はまったく口を開かない。マリーは遅くなったことで雨林を怒らせたのではと、謝罪の言葉をかけようと思いつつも、話しかけづらい空気を感じて何も言い出せないでいた。

――喉が渇いているだけかもしれないし。でも、暑くて喉が渇くと、人間て怒りっぽくなるのよね。

仕事中の料理人がたいてい不機嫌なのは、厨房の熱気も関係あるのではと、経験上マリーは思っている。

やはりもう一度謝っておこう。

「あの、長いこと待ちました？　時計を見ていなかったので、半刻がとっくに過ぎていたことに気づかなくて、すみませんでした」

「いえ、待つのも護衛の仕事です。お気になさらず」

言い方が素っ気《そ　け》ない気がするのは、やはり怒っているのだろうか。確かに宮城の侍衛や門番は、炎天下だろうと雪の日だろうと、長いことじっと立っているのが仕事ではあるが。

とはいえ、雨林はもともとこのような話し方をする人間ではある。ただ、外出のたびに私語を交わすようになってから、かなり打ち解けてきていたので、少し残念な気がするマリーだ。

やはり喉が渇いているのだろう、雨林は空咳《からぜき》をしてから、少しかすれた声で続けた。

「俺のことより、このあと老爺《ラオイエ》のお召しがあると思います。趙小姐《シャオジエ》の休日ということで、一刻前にご帰宅なさっています。久しぶりの洋菓子を、それはお楽しみになさっておいでのようです」

マリーは仰天《ぎょうてん》した。

「お仕事は正午までじゃないんですか⁉」

皇帝を始め、妃嬪《ひひん》と主だった皇族と臣下の宮廷が、ごそっと熱河へ移動したとはいえ、紫禁城《しきんじょう》のある北京が行政の中心であることは変わらない。そのために日々上がってくる上奏文《じょうそうぶん》をさばき、必要があれば熱河へ転送させ、中央で判断できることは、各省の官僚らに『良きに計らうよう』差し戻していくのが、留守居《るすい》役の皇族と官僚たちの仕事だ。それをお菓子食べたさに、留守居筆頭の皇子が早退などしていいものなのか。

「それだけ、清国が平和なんでしょうけど」

ため息交じりにつぶやくと、雨林は咳払いをして応える。

「決まった休みもなく、ずっとお忙《せい》しくていらっしゃいますからね。たまに早退されるくらい許されます。例年でしたら、成親王と嘉《か》親王のどちらかが留守居役をなさって政務を監督されるところを、皇上が今年は老爺に留守居を命じられたのです。とても張り切っておいででしたから、息抜きも必要かと思います」

「じゃあ、いま都にいるのは、うちの老爺と儀郡王《ぎぐんおう》さまだけですか」

当年三十九歳の第十一皇子、成親王の永瑆《えいせい》と、三十一歳の第十五皇子、嘉親王永琰《えいえん》のふたりは、次の皇帝候補と目されている。この熱河行幸に、これまで同時に連れて行くことのあまりなかった永瑆と永琰を伴ったのは、後継者候補としての資質を見極めるためであろうか。

しかし、永璘の養母、潁妃《えいひ》は乾隆帝の心はすでに定まっていると言っていた。

学問と芸術に優れた資質を具《そな》えた永瑆は、吝嗇《けち》で陰険な性格が災いして人気がなく、父帝に何度注意されても改めるということがない。一方の永琰は、特に抜きん出た才能や優秀な頭脳は持ち合わせないが、温厚で公正な性格で人望を集めている。

王朝の安泰と永続を願えば、どちらの皇子に帝位を譲ればいいのか、父親としては頭を悩ませるところだろう。マリーは外国人でキリスト教徒であることから永琰皇子には嫌われているのだが、主人の永璘の同母兄であることから、密かに永琰を応援している。

――でも、十五皇子さまが皇帝になったら、私はフランスへ追い返されるんだろうな。

それまでいっぱいフランス菓子を清国に残せるように、がんばろう。

そのためにも、絵を描けるようになってレシピを残さなければ。

貝勒府《ベイレ》に戻れば、雨林の予言通り不機嫌な永璘に呼び出された。

外出着から仕事着に着替えて、マリーは考え直した。休日に膳房用の袍を着て伺候《しこう》するのは割に合わない。今日はマリーにとってあくまで休日なのであり、たとえご主人さまといえど、仕事を強要することはできないはずだ。清国の流儀ではそうでないのかもしれないが、ささやかな抵抗として、マリーは常服を着ることにした。

小菊《しょうぎく》ら同僚の使用人と街へ出かけるときに着るのは、薄桃色や薄青に染められたこぎれいな短袍《ダンパオ》だ。同色の褌《ズボン》か裙《スカート》を合わせる。仮にも主人にお目見えするのだから、ここは普段着の褌の上に、さらに裙を重ねて敬意を表そう。ついでに以前、料理の品評会の三等でご褒美《ほうび》としてもらった簪《かんざし》も頭に挿していく。

マリーだって年頃の娘なのだから、一年中厨房で生地を捏《こ》ねているわけではない。休みの日に着飾って外出することもある、というアピールになるだろう。下女部屋の共同の鏡で髪のほつれを直し、そばかすの散った頰が赤くなるよう、両手でパンパンと叩いて、マリーは永璘の正房《おもや》へと向かった。

正房に通されたが、正面の居間に永璘はいなかった。永璘の正房は宮殿といってもいい規模なのだ。どの部屋にいるのかマリーには見当もつかない。声をかけるべきかマリーが悩んでいると、太監の黄丹《こうたん》が出てきて「こちらへ」と手招きした。

「老爺《ラオイエ》、ご機嫌悪そうですか」

マリーは小声で訊ねた。

「それはもう」

黄丹はにこにこと応える。マリーは嘆息を呑《の》み込むようにして、そっと息を吐いた。

マリーが案内されたのは、正房の両脇に突き出した耳房《じぼう》という建物だ。マリーが連れて行かれた耳房は東側にあるので、東耳房と呼ばれている。正房の主人の書斎や趣味に使われる家屋で、使用人も家族も限られた人間しか出入りを許されない。妃たちも、鈕祜祿《ニオフル》氏をのぞいて足を踏み入れたことはないと聞いている。

黄丹がマリーの到着を呼ばわると、永璘の声が「入れ」と応えた。とても不機嫌そうな声音だ。

「ずいぶんと長いこと、銭徳明《チンドウミン》と話し込んでいたそうだな」

マリーが拝礼のために膝を折るのも待たずに、炕《かん》に腰掛けた永璘がアミヨーの漢名を出して詰問した。

雨林がすべて報告したのだろう。マリーは中腰のまま答える。

「アミヨー神父さまともお話をしたのですが、時間が過ぎてしまったのは、パンシ神父さまから絵の指導を受けていたからです」

「パンシ？　ああ、潘廷璋《はんていしょう》のことか。なぜ潘から絵の指導など受ける必要があるのだ」

まったく、尋問《じんもん》されている気がする。それより中腰の姿勢はとても膝と太腿《ふともも》がつらいのだが。

「アミヨー神父さまに絵の手ほどきをお願いしたところ、パンシ神父さまを紹介されたのです。今日は画材の名前や使い方を教わってきました」

「なぜ宣教師に絵の指導を受ける必要があるのかと訊いている‼」

永璘は傍《かたわ》らの小卓をバンと叩いて同じ質問を繰り返した。

「自分のレシピ本を作りたいからです。ピエス・モンテの設計図を描くのも、絵画の基礎が必要ですし、欧州のお菓子を見たことのない清国の厨師にレシピを説明するのに、絵を見せた方が早いじゃないですか」

マリーの答に、永璘はますます不機嫌になった。

「絵を学びたければ、私が教えてやる！　わざわざ教堂に入り浸《びた》る必要などない‼」

黄丹が思わず床にひれ伏すほどの剣幕で、永璘は怒鳴りつけた。マリーも同じくらい顔を赤くして、反論する。

「どこで教えていただけるというのですか。ただでさえ杏花庵で洋菓子をお作りするのも、他の使用人たちから『お部屋様の特権』などと嫌みを言われているのに、ふたりきりで閉じこもって絵を描いていたら、どんな噂《うわさ》を立てられるかわかったものじゃありません。外国人の厨師見習いと密室で何をしているか皇帝陛下に問われたら、老爺《ラオイエ》はなんとお答えするおつもりなんですか⁉」

ものごころついたころから、誰にも教えられないのに洋風の絵を描いたために、乾隆帝から描くことを禁じられた永璘が、異国の少女に絵の手ほどきをしているなどと、父親に言えるはずがない。

永璘は絶句して、小卓を叩いた手を握りしめた。

マリーはうつむき、小声で付け加えた。

「私だって、老爺に教えてもらいたいです。でも、そんなことをしたら老爺のお立場が悪くなりますし、嫡福晋《ちゃくふくしん》さまを悲しませます」

清朝における皇族の正妃を嫡福晋と呼ぶ。永璘の嫡福晋である鈕祜祿《ニオフル》氏を、マリーは心から敬愛している。

鈕祜祿氏は、永璘が皇帝から絵を描くことを禁じられた理由を知ることもできず、天与の才を持つ夫の絵を見ることも許されない。それなのに、マリーが永璘とふたりだけの時間を持ち、永璘がもっとも愛する絵画に耽溺《たんでき》する時間を他の女と過ごすなど、どれだけ彼女を苦しめるだろう。マリーは鈕祜祿氏にそんなつらい思いをさせたくなかった。

拝礼のために腰をかがめたままのマリーは、ぶるぶると震えながらこみ上げる涙を袖で拭いた。

「立ちなさい」

さきほどまでの苛立ちが嘘《うそ》のように、静かな声で永璘が命じ、横を向いてつぶやいた。

「マリーの方が、ものの道理が見えているようだ」

腿をガクガクさせながら、マリーは立ち上がる。足が攣《つ》りそうで何かにつかまりたいが、ぐっとこらえた。

「事情も知らせずに帰りが遅くなった私を、心配してくださったのですね。ありがとうございます」

マリーは、門限にうるさかった父親が、ひとり娘を心配すればするほど、怒りのために声も態度も荒ぶるという法則を経験から学んでいたので、相手の隠された善意を指摘してから、自分の身勝手を先に謝る技を発揮する。

永璘は横を向いたまま、自身の怒りの感情がどこからきたのかも知らずにフンと鼻を鳴らした。

「それで、廷璋《ていしょう》とは何を話したのだ」

マリーは膝と背筋を伸ばして答える。

「ピエス・モンテの設計図や、レシピに添えるお菓子の絵なら、線画から細密画を学ぶのがいいだろうと提案をいただきました。それで、スケッチに必要な木炭や鉛筆の使い方と手入れの方法を、今日は教えてもらいました。反故紙《ほごし》を何枚かもらったので、次の主日までに身近な静物なり風景なりを写生してくるよう、課題も出されました」

「反故紙！　紙なら上質の紙がここにいくらでもある！」

ふたたび怒りだした永璘が、壁に据《す》えられた棚を指さした。書籍や置物が並ぶなか、漆塗りの大きな紙入れの箱がある。惜《お》しみなく画材を分けてくれようという永璘の気持ちに、マリーは嬉しくなって応じた。

「新しい上等の紙なんて、私の練習にはもったいないです。あの、うんと上手になったら、分けていただけますか」

永璘は苛立たしげに指で卓を叩き、横を向いた。

「黄丹！　茶を淹《い》れろ」

とばっちりが黄丹に向かったら気の毒だと思ったマリーだが、黄丹はまるで待ち構えていたかのように、永璘に茶を運んできた。以前も見たことのある薩其馬《サチマ》という満洲の揚げ菓子を添える。

薩其馬とは満洲族の話す韃靼《だったん》語で、意味はよくわからない。小麦粉に牛乳と卵白、白砂糖を混ぜて型に入れ、刻《きざ》んだ干果や堅果を砕《くだ》いたものを散らし、切り分けて食べる。揚げた生地と蜜《みつ》で黄金色の艶《つや》を放つ薩其馬は、口の中に入れるとほろほろと崩れて、乳と蜜の濃厚な風味と甘みを舌に、果物と金木犀《きんもくせい》の香りを鼻腔《びくう》と口内に残して、舌の上で溶け去ってしまう。

まだ詳しい作り方は教えてもらっていないので、今日の甜心《てんしん》が薩其馬の日であったのなら、休まずに厨房にいたかったな、とマリーは思った。

部屋の隅に立ち尽くすマリーを横目に捉えた永璘は、「食べるか」と薩其馬を指して訊ねた。そんな物欲しそうな顔をしていたかと、マリーは赤面する。しかし、まだ昼食も食べていなかったマリーの腹が『ぐう』と音を立てて、代わりに返事をした。

永璘は黄丹に命じて、薩其馬以外の点心もとりわけさせ、マリーのそばにあった机に運ばせた。黄丹はいったん耳房を出て、マリーの茶を持って戻ってきた。

「その椅子《いす》にかけなさい」

いつもは永璘が腰掛けて机で書き物をしているであろうその椅子を勧《すす》められ、マリーは遠慮がちに腰掛けた。

「廷璋《ていしょう》は私が絵を描くことは知っているのか」

マリーは首をかしげた。

「老爺《ラオイエ》については何も訊かれなかったので、わかりません。パンシ神父と言葉を交わされたことは、おありですか」

「ない」

永璘は即答した。

皇族は宣教師と交流することを禁じられている。偶然アミヨーに絵を見られた永璘が、その後はアミヨーの批評を求めてやりとりを重ねたのも、極秘であったという。それに、マリーは貝勒《ベイレ》府であったことを、外では話さないように心がけていた。パンシが永璘の絵を知っているかどうか、こちらから訊くことなどできない。

最近では、アミヨーに話す近況も、マリーの身辺と厨房の狭い範囲に限っている。

マリーは薩其馬を手に取り、崩さないよう口に入れて、ほろほろとした食感を楽しみながら呑み込んだ。次に、海老《えび》の香りのする包子《パオズ》の汁を、口の端からこぼさないように味わい、最後の口直しは、早生《わせ》の桜桃《おうとう》という水菓子。みずみずしい果実は、まだすこし新鮮すぎるせいか、酸味がちょうどよい暑気払いだ。

「おいしいです」

空腹も手伝って、なんということのない軽食がとても美味に感じられる。マリーは両手で両頬を押さえて、最後の桜桃をゆっくりと味わう。仕上げに茶碗の蓋をずらして、舌を焼かないように香気の高い白茶をゆっくりとすすった。

「生き返りました」

「マリーは、本当においしそうにものを食べるな」

永璘が感嘆を込めて言った。

「本当においしいのです。おいしいものは、食べるのも作るのも楽しいです」

そう断言して、マリーは顔を上げた。永璘の目を見て、姿勢を改める。

「勝手なことをして、申し訳ありませんでした。絵を描けるようになりたいとアミヨー神父さまに相談したときは、まさか画師の神父さまに教授いただけるとは思ってもいなかったのです。それも、いきなり今日から。鉛筆や練習用の紙までいただいてしまって」

恐縮するマリーに、永璘はふんと鼻を鳴らして、声を潜《ひそ》める。

「宣教師どもは、私に恩を売っておきたいのだ。耶蘇教の布教に寛容な皇帝が立つことを期待しているのだろう。それはまずあり得んことだが」

大らかな永璘が自宅の隅にあるひっそりとした書斎にいても、ひとに漏れ聞かれることを怖れるほど、帝位に関することは繊細《せんさい》で危険な話題であった。

マリーが北堂に入り浸ることは、永璘に都合の悪いことかもしれない。十五皇子永琰の不興を買わないように立ち回らないといけないのに、軽はずみな願いだったとマリーは反省する。しかし、マリーが絵を描いていれば、永璘の周りに画材があっても誰も不審に思わないであろうし、王府内で絵画についての話題が上がるのも自然なことになる。それはきっと永璘の憂鬱《ゆううつ》をいくらか取り除くことになるはずだと、マリーは信じている。

「あの、事後承諾《しょうだく》ですみません。絵を習いに、北堂へ通ってもいいでしょうか」

「糕點師《ガオディアンシー》になるために必要な技術なら、学ぶことはかまわん。ただ、宣教師らとは必要以上に親しくしてはならない。わかっているな」

厳しい顔で命じられ、マリーはおとなしく「はい」と答える。永璘が絵を描くことを禁じられた原因となった宮廷画師カスティリヨーネについて、パンシから聞き出したいとも考えていたのだが、それはしばらくは見送ることにしようとマリーは思った。

とりあえず、誰が見ても何を描いたのか、わかるような絵が描けるようになろう。

マリーが下女部屋に戻ると、同室の小菊《しょうぎく》が炕《かん》の上に布団を広げて横になっていた。

「小菊。具合が悪いの？　この暑さで布団を被っていたら、余計に気分が悪くなるんじゃない？」

マリーの呼びかけに、もぞもぞと布団が動いて、髪を両把頭《りょうはとう》に結《ゆ》ったままの小菊が顔を出す。顔色は赤みと土気色の間くらいで、マリーは驚いて駆け寄った。

「大丈夫？　お医者さん呼んでもらおうか」

「いつものよ。月の障《さわ》りで、お腹が痛いだけ。明日には治る。医者なんか呼んだって、買えないような高価な薬の処方を出されるだけよ」

小菊は吐き捨てるように言った。

「でも、いつもよりつらそう。痛み止めが効いてないのかな。吐き気もするなら、お粥《かゆ》をもらってこようか」

小菊は青白い額に玉の汗を浮かべて、眉間《みけん》にしわを寄せた。

「食べられない。なんだか、毎月どんどんひどくなってくる。やっぱり呪術師の言うとおり、悪い病気なのかな」

小菊は不安げに天井を見上げた。

月経痛のひどい小菊は、胡同《フートン》の怪しげな呪術師から安物の痛み止めを買い求め、毎月服用することで王府の勤めを乗り越えてきた。マリーの感覚では、見た目も占術もとことん胡散《うさん》臭い中年の女呪術師ではあったが、痛み止めでは治らぬ腹の病であろうから、医者に診《み》せるようにと、小菊に忠告したところなどは、意外と良心的であった。

そういえば——とマリーは昨年の秋に、小菊とくだんの呪術師を訪れたときのことを思い出した。小菊にはこの年に良縁があって、嫁《とつ》ぐことになると呪術師は予言した。しかし、腹の病のために子どもに恵まれず、その結婚は長続きしないであろうとも付け加えた。

小菊は今年で十九になる。男女ともに十五前後で成人し、同時に結婚もしてしまう清国では、十八や十九は晩婚に入る。とはいえ、婚期に良縁に恵まれるのは、家柄が良いか親が裕福な家の子女くらいであった。家が貧しい小菊は、王府で年季を勤め上げ、その間に溜めた給金を持参金として良縁を求める。しかし、給金のほとんどは、生活費の足りない実家への仕送りで消えてしまうのが実態だ。

支配層の満洲人といえども、小菊の属する包衣《ボーイ》と呼ばれる奴僕《ぬぼく》階級の下級旗人《きじん》は、被支配層である一般の下層漢人と変わらぬ貧しい暮らしに甘んじている。

爵位を持つ皇族や高官が営《いとな》む王府は、下級旗人の子女にとっては安定した勤め先ではあったが、末端の使用人の給金では高い薬代は払えないと、小菊は病を医者に診せることもしない。貧しい家は子どもの数も多く、小菊の実家も例外ではない。小菊は自分の健康よりも弟妹を食べさせることを優先させて、実家に仕送りをしているのだ。

ひとりっ子のマリーは、幼いときに母を病で、革命で父と婚約者を亡くし天涯《てんがい》孤独の身の上ではあったが、自分が稼《かせ》いだお金はすべて、自分の健康と未来のために遣えるということは、ある意味では幸運であるのかも知れない。

マリーは、修業を終えたら自分のパティスリーを持つのが夢だ。その開店資金のために、給金からわずかな小遣いを残して、あとは溜め込んでいる。小遣いは珍しい菓子の材料や香辛料に使い込んでしまうので、しばしば足りなくなる。高厨師や永璘に話せば厨房費で買ってくれるとは思うのだが、特別扱いと周りに陰口《かげぐち》をたたかれたくない。それに、実験的なレシピと使ったことのない道具や材料は、まず自分の持ち出しで試してみないと不安なのだ。

それでなくても、永璘にはパリから北京への旅行費用をすべて負担させている。ブレスト港から澳門《マカオ》への渡航費だけで、一介のパティシエの生涯収入に匹敵《ひってき》するのではないのだろうか。そして清国に来てからの衣食住の費用についても、永璘は一度も言及したことはない。大清帝国の末皇子様には、慈善気分で投げ与えられる程度のはした金かもしれないが、マリーは永璘に一生払いきれない負債を背負《せお》った気持ちでいる。

医者にかかる費用や薬代とは、どのくらい高いものなのだろう、とマリーはぼんやりと考えた。菓子作りに必要な香辛料などは、マリーにとっても非常に高価で、買うときはいつも散々悩む。薬が香辛料より高いのであれば、小菊が医者に診せるのをしぶる気持ちはよくわかる。

「小菊、まだ起き上がれないの？」

マリーの背後から心配そうな声がした。振り向けば、湯を満たした茶海《ちゃかい》を抱えた小杏《しょうあん》が立っている。その後について、夕食の入った提盒《おかもち》を両手に提《さ》げた小蓮《しょうれん》が部屋に入ってきた。

「お医者さんを呼んだほうがいいんじゃない？」

小菊はうーんと唸《うな》ったきり、返事をしない。小杏は食卓に茶海を置いて、茶碗を並べ始めた。慰《なぐさ》めと励《はげ》ましの言葉を小菊にかける。

「今日は暑かったから、休んでよかったよ。無理して働いたら、倒れちゃったかもしれないからね」

「私の仕事までやらせて、ごめんね」

「大丈夫。このごろは使用人が増えたからね。やること減って、前より楽なくらいよ」

掃除係《そうじ》の小菊と小杏が担当する倒座房《とうざぼう》は横に長く、人々の出入りも激しい。一日中を掃除に費《つい》やしても、終わることはない。他の王府からの遣いや出入りの業者、そして使用人の関係者まで応対する倒座房は、訪れる客の身分も幅広い。多くの人目に晒《さら》される王府の顔でもあるために、ちょっとした汚れや散らかしも放っておけず、気が抜けない部署であった。

「使用人は増えたけど、厨房は仕事も増えてるよ。ぜんぜん追いついてない感じ。この夏はうちの老爺《ラオイエ》が紫禁城の留守居役を命じられたから、去年までとは段違いにご公務の訪問客が増えたのよね」

厨房の洗い物係の小蓮は、無限に湧いてくる洗い物にうんざりしているらしい。

小杏は、小菊が横になっている炕《かん》の端に腰掛けて話しかける。

「ちゃんとお医者さまに診てもらおうよ。月のお休みをいただくのも、このごろは二日や三日じゃおさまらなくなってきてるじゃない。いまより長く休むようになったら、置いてもらえなくなってしまうかもしれないよ」

「医者に診せて良くない病気だってはっきりしたら、どのみち暇下《いとまさ》がりをさせられて、そのまま解雇《かいこ》されちゃうから、同じことだよ」

小菊は頑《かたく》なに小杏の助言を拒み、布団を鼻の上まで引き上げて、三人の同僚から顔を背《そむ》けた。小杏はあきらめずに話しかける。

「実家には知らせておいた方がいいよ。もしかしたら、親が薬代を都合してくれるかもしれないし、病気で暇下がりするより、適当な理由で里帰りってことにすれば、元気になったらまた戻ってこれるからさ」

布団の下で、小菊がもぞもぞとうなずく動きを見せた。

「次の月にはそうするよ」

くぐもった声で応えると、小菊は布団を頭まで被って話を終わらせる。布団がかすかに震えているのは、解雇される不安を押し殺して泣いているためだろうか。

マリーたちは三人で昼食を始めた。会話もなく黙々と白い飯と野菜炒めを口に運ぶ。

息苦しくなったマリーは小声で小杏に訊ねた。

「診察代とか、薬代って、すごく高いの？」

小杏は食べかけの茸《きのこ》を箸《はし》でもてあそびつつ、言葉を選ぶ。

「医者によるよ。評判の高い名医は診察料も高いし、処方する薬も目玉が飛び出るほど高い。安い医者はたいがい藪《やぶ》医者だから、見立てもいいかげんで、治るかどうかは呪術師と変わらない」

小蓮が好奇心から口を挟む。

「瑪麗《マリー》のいた法国《フランス》はどうなの？　誰でも医者にかかれるの？」

「どうかな。私と父さんはあまり病気になった覚えがないし、母さんが流感《りゅうかん》に罹《かか》ったときは、病気がうつるといけないからって、祖父母の家に預けられていたから、その辺はよく知らない。父さんが言うには、母さんは医者を待っている間に亡くなってしまったって。

あの年は悪い風邪《かぜ》が流行《はや》っていたから、医者もすごく忙しかったみたい」

そのあたりのマリーの記憶は鮮明ではない。病床の母と言葉を交わした記憶はあり、日々衰《おとろ》えていった母の姿も覚えているが、かといってつきっきりで看病した覚えはない。

ひどく不安であったことは覚えているので、おそらく祖父母のもとを抜け出して、たびたび母に会いに行っていたのだろう。はっきりと覚えているのは、教区の神父が母の額に聖油を塗り、臨終《りんじゅう》に授ける秘跡《ひせき》を唱《とな》えていた光景だけだ。

「そういえば、父さんはあまり医者を信用してなかった。『医者が来たところで、金だけ取って瀉血《しゃけつ》するだけだから』って」

「そうなの？」

小蓮が驚きのこもった口調で訊き返す。

「二代前の皇上の病を治したのが、西洋の宣教師が処方した薬だったそうだから、西洋の医学の方が優れているのかと思っていた」

小杏が口の端を曲げて「チッ」と舌を打った。清国人のよくする仕草だが、マリーはいまだに慣れない。

「庶民が名医とは無縁ってのは、どこの国でも同じってことじゃない？」

マリーは布団を被ったまま寝入ったらしい小菊をちらりと見て、ふたりで訪ねた呪術師の予言を思い返した。

今年もすでに半年が過ぎつつある。予言は実現するのだろうか。せっかく良縁があって結婚しても、病のために破綻《はたん》することがわかっているなんて、なんて理不尽《りふじん》なのだろう。

マリーは医者ではないし、まして仲人業《なこうど》でもない。お腹にやさしい鶏湯粥《けいとうかゆ》を作って差し入れるくらいしか、できることはなかった。あるいはゼラチンが手に入れば、喉ごしのよいブラン・マンジェも作れるかもしれないけれど――とマリーは暑い日に元気の出そうな菓子を、あれこれと思い浮かべる。

医薬の知識など持ち合わせないマリーだ。風邪や胃腸の不調と経血の病では、別々の手当てが必要だとは知らない。口当たりと喉ごしがよく、滋養《じよう》があって消化の早いものを食べさせておけば、そのうち良くなるのではと単純に考える。

北京の夏は暑いと聞く。冷菓のレシピも充実させておかなければ、とマリーの思考はいつものように菓子作りへと流れた。

翌朝、マリーは出勤してすぐ、高厨師に清国では夏の間はどのようにして氷を調達するのか訊ねた。高厨師は肉付きの良い丸顔をぎゅっと顰《しか》めて、舌打ちをした。

「ああ！　膳房を建てるときに氷庫を造り付けるのを忘れていた！　年末に慌てて図面を引いて、同時に大工《だいく》や職人を連れてくるような慌ただしさだったからな。寒い季節に夏のことまで気が回らなかったんだが、とんだ失態《しったい》だ。老爺《ラオイエ》が都の留守を任されているというのに、大事な客に氷菓子を所望されたらどうしたらいいんだ」

この世の終わりだとでもいうように、高厨師は拳《こぶし》を振り上げて天井を仰《あお》いだ。

「氷庫を造らなかっただと！」

遠くから李《り》膳房長の雄叫《おたけ》びが響き渡る。膳房にいた厨師や下働きが動きを止め、体をすくめた。以前より広くなったとはいえ、背の高く恰幅《かっぷく》のいい李膳房長は声も太くて大きい。その怒声は落雷のごとく、怒りと熱気に赤く染まった顔は、地獄の獄卒のごとく皆を怖れさせる。

李膳房長はつかつかと高厨師とマリーのところまで来て、同じ言葉を繰り返した。

「氷庫を造らなかっただと！　なんて失態だ。この夏をどうやって乗り切るつもりだ！」

「わ、私の責任ですか⁉」

高厨師は亀のように頭を肩にめり込ませて、上司に反論した。

「氷を一番使うのが点心局だろうが！」

マリーも首をすくめてそろりと一歩退いた。

上司が話し合っているところへ、目下の者が口を挟むのは清国では厳禁である。欧州では機知に富んだ即答やエスプリの利《き》いた冗談で紛らわせれば、寛容な主人にはむしろ喜ばれるが、清国ではそれすらも許されない。

高厨師はしどろもどろになって提案する。

「こ、これから前院の厨房の改築が始まるのですから、そこに造るように設計を変えさせます」

「夏が終わってしまうだろうが！」

膳房の熱気にさらなる怒りが加わり、李膳房長の額は赤を通り越し紫色に染まった。

窓は常に全開ではあるが、いくつもある竈《かまど》の火は早朝から夕方まで絶えることのない膳房だ。誰もが滝のような汗を流して仕事をしている。各局の局長や上位の厨師は、ちょっとしたことで怒りを爆発させて怒声を発するだけではない。運の悪い厨師助手や徒弟は殴《なぐ》られたり、棒たわしや麺棒で折檻《せっかん》されたりもする。

王府の厨房は、皇帝の食事を作る紫禁城の御膳房に倣《なら》って、扱う食材と料理によって五つの部門に分かれている。もっとも、各局が二班に分かれ、それぞれの班に主任を含めた厨師が七名ずつ所属するという、料理人だけで七十人を数える紫禁城の御膳房とは違い、その半分以下で回している末皇子の王府は、常に人手が足りない。

使用人が百人程度であったころはそれでなんとかなっていたが、慶貝勒《ベイレ》府の主、乾隆帝の第十七皇子である愛新覚羅《あいしんかくら》永璘が、成人して爵位を賜《たまわ》り、王府を開いて独立してからすでに十年以上が経過していた。妃はいまだ三人しかおらず、嫡子も生まれてはいない永璘邸ではあるが、清国宮廷における皇族としての政務にかかわることも増え、王府の重要さも増している。

昨年の秋に欧州外遊から帰国した永璘は、接待《せったい》に重要な役割を果たす厨房の拡張から手をつけた。それまで、慶貝勒府では正門に近い前院の東側にあった厨房で、王府全体の料理を賄《まかな》っていた。従来の厨房では、使用人から主人とその家族、また出入りする業者から重要な訪問客に対応できなくなっていたため、永璘の住む正房《おもや》のある後院に、膳房を新設することにしたのだ。

その真新しい膳房に、李膳房長の怒声が響き渡る。

マリーはじっと床を見つめて、このやりとりが終わるまで気配を殺すことに専念した。下手《へた》に李膳房長の目に留まっては、ただでさえ男の厨師らには嫌われ者のマリーには死活問題である。

「早急になんとかしろ！」

「了解しました！」

問答無用の命令に、高厨師は逆《さか》らえない。ずかずかと持ち場へ戻る李膳房長の幅広い背中を、絶望的な目つきで見送った高厨師は、くるりとマリーに向き直った。

額の隅がピクピクと脈打っている。マリーは雷が落ちるのを予期して目をつぶり、肩をすくめる。

「とっとと仕事に戻れ！」

「はいっ」

マリーは一目散に、午後の点心の下ごしらえをしている、兄弟子で厨師助手の燕児の作業台へと駆け寄った。

「瑪麗《マリー》は騒動を引き寄せる名人だな」

麺棒で伸ばした小麦粉の生地をくるくると巻きながら、燕児は苦笑交じりの小声でささやいた。口は動かしても手を休めずに、棒状に巻いた生地を包丁で手際よく切り分けていく。蒸しパンの一種である花捲《ホアジュアン》を作っているところだ。具を入れない饅頭《マントウ》や花捲、あるいは蒸餅《むしもち》は、主食や間食といった西洋におけるパンと同じ役割を果たす。

清国ではイーストを使わずに、水だけで練り上げた小麦粉の生地を温室で自然発酵させ、鹹水《かんすい》を練り込んで成形し、蒸籠《せいろ》に入れて蒸し上げる。

鹹水は、臭いからして重曹《じゅうそう》のようなものらしいとマリーは推測した。ヨーロッパでも、発酵させないパンや菓子を膨《ふく》らませるために重曹を使う。馴染《なじ》みの深い材料ではあるが、量を過ごすと舌に苦みを残し、臭いも鼻につく。饅頭や花捲のように、具も味もつけない点心には向かないのではと思うのだが、それについてはまだ誰にも自分の考えを話していない。

清国人はこの蒸しパンを常食として、誰も不満に思っていない。そこへマリーの感想を口にしたところで、西洋のパンと比較したと反感を買うだけだ。それに、マリーが懐かしく思うイーストも、発酵段階ではそれなりの臭いはある。香ばしく焼きあがった西洋のパンを知らなければ、清国人の嗅覚《きゅうかく》では不快な臭いと思うかもしれないのだ。

そして、西洋のパンにも無数の種類と調理法があるように、一口に蒸しパンといってもたくさんの種類がある。とはいえ、使用人の食事や日々の間食に出されるのは、飾り気も具も、味すらついていない饅頭か花捲であった。

徒弟が最初に習うのも、この饅頭であり、毎日のように大量に作っては消費されるのも、こうした蒸しパンの類《たぐ》いであった。

「私が図面を書いたわけじゃないもの。そのうちわかることなんだし、氷を仕入れてから氷庫がないって慌てるよりは、よかったんじゃないかと思います」

マリーは口を尖《とが》らせつつ言い返した。燕児は噴き出しそうになるのをこらえる。

「氷は冬の間に蓄えておくもので、夏になってから仕入れるものじゃない。法国《フランス》じゃ、真夏でも注文すれば、いつでも氷が配達されるのか」

「そんなわけありません。どうやって真夏に氷を調達するんですか。アルプスの氷河から持ってきても、パリに着くまでに融けてしまいます。冬のうちに作った氷を地下の氷庫に蓄えておくのはどこも同じですよ。そこまでの設備を持たないお金持ちが、大きな氷庫を所有している商人から氷を買うことはありますけど」

問われれば倍にして言葉を返してくるマリーに、燕児はそれ以上は応じず、鍋に湯を沸かすように指示を出した。マリーは井戸へ行って水を汲《く》み、不意にアミヨーの言葉を思い出す。

「いつでも氷が作れるって、アミヨー神父さまはおっしゃってたけど。そういえばホテルでは氷庫が空になってしまったときでも、注文があればソルベとか作ってたな。あれ、どうやって果汁やリキュールを凍らせていたんだろう」

水瓶いっぱいの水を見ている内に、マリーは何かを思い出しかけた。

マリーが熱を出せば、季節に関係なく父親はいつでも氷を用意してくれた。ある夜、喉の渇いたマリーが台所に行くと、父親は台所で氷を割っていた。氷のかけらを口に入れてくれたときの爽快《そうかい》さは忘れられない。いまにして思えば、あんな夜中に氷商から氷を買えたはずがない。父親が自分で作っていたのだろうか。

――パティシエールとしては勉強不足だね。

アミヨーの声が耳元に甦《よみがえ》り、マリーは、職人として自分が知っているべきことを知らないでいることに焦りを覚えた。あるいは、単に忘れてしまっているだけか。

――父さんのレシピ帳を隅から隅まで読み直してみよう。

気を取り直したマリーは、水を運んできて鍋に入れ、竈に薪《まき》を足して火力を上げる。そのあいだに燕児は花捲《ホアジュアン》を並べた蒸籠《せいろ》を積み上げる。

徒弟はマリーを含めて三人。李二はマリーよりひとつ年下だが、年子の弟の李三とともに王府に勤める先輩だ。つまりマリーには兄弟子にあたる。点心局ではマリーが一番下《した》っ端《ぱ》なので、あらゆる雑用をこなしつつ、清国の点心を学ばねばならない。

まともに点心を極めようと思えば、徒弟一年目は饅頭や花捲ばかりを延々と作り続けることになるのだろう。たしかに酵母に頼らず水と小麦粉を練っただけで、自然に発酵するのを見極めるのは至難の業だとマリーは痛感した。

永璘に絵を学ぶ許可を得てから数日が過ぎた。

一日の業務を終えると、マリーは日暮れまでの時を過ごすために、西園にある洋風茶房「杏花庵《きょうかあん》」へと向かう。とはいえ、杏花庵には管理人も兼ねる太監の黄丹《こうたん》が絶えず出入りしているので、厳密にひとりになれることは希《まれ》であったが。

杏花庵《きょうかあん》は、マリーが西洋の菓子を作ることができるよう、王府のあるじ永璘皇子が西園にあった田舎《いなか》小屋を改築し、洋風の窯を築いて茶房とした建物だ。片方の壁は天井まで煉瓦で覆われ、東洋では滅多に見られない密閉式の石窯を備えている。

ひとつの竈しかない台所と、部屋は二間だけの小屋は、マリーのささやかな隠れ家でもある。強引に造り付けられた煉瓦の窯が中の間まで場所を取り、小さな炕《かん》と卓が置かれた奥の間は、ようやくひとりかふたりの人間がくつろげる、こぢんまりとした庵《いおり》だ。

マリーは奥の間の卓に椅子を寄せて、パンシにもらった古紙を広げた。木炭を手に、庭から摘んできた花の絵を描き始める。

春に工芸菓子のピエス・モンテを作ったマリーは、永璘皇子の養母潁妃《えいひ》の歓心を得て、それまで追放されていた厨房へ戻ることができた。作ったのは春の樹花の咲き乱れる杏花庵という箱庭で、初めてひとりで作り上げたピエス・モンテにしては上出来だったと自分でも思う。ただ、単純な構造の田舎小屋ばかりでは、フランスのピエス・モンテの神髄《しんずい》を表現することはできない。マリーの記憶に残るパリの工芸菓子は、城や橋、あるいは町並みそのものを再現する芸術であった。複雑な構造のピエス・モンテを作ろうとしたら、設計部分をおろそかにすることはできない。縮小された建造物を本物そっくりに再現したければ、設計図や全体像がはっきりとイメージ化されていなければ、細部まで仕上げることはできないからだ。

花一輪といっても、遠近感を出すのは難しい。花餡《はなあめ》を作ったとき以上に、なんども繰り返し、あるいは角度を変えて花のつくりや質感を観察する。ピエス・モンテを作るときは立体感を出すための影は必要ないわけだが、絵となればまた話は違う。

ただ、実物に限りなく近いスケッチ画があれば、モデルのない季節や場所でも同じピエス・モンテを作るのに便利なので、できるだけ写実的な絵を心がける。

「励んでいるな」

張りのある永璘の声に、マリーは顔を上げた。扉も窓も開け放してあったので、絵を描くことに集中していたマリーは永璘が入ってくる気配に気づかなかった。慌てて立ち上がり、膝を曲げて深く腰を落とす拝礼をする。

永璘はマリーに立ち上がるように命じた後、書き散らかした薔薇《ばら》のスケッチを断りもなく拾い上げて、一枚一枚じっくりと眺めた。

「筋は悪くない。なかなか風情のある芍薬《しゃくやく》だ」

「あの、それは薔薇《ばら》です」

遠慮がちに訂正するマリーに、永璘は微妙に引きつった笑みを浮かべて言葉を続ける。

「花弁が多すぎるために、細部の描写が雑になっているのだ。もっと簡単な花から写生してはどうか。いまなら芙蓉《ふよう》か牽牛花《あさがお》が見頃だ」

絵画に優れた才能を隠し持つ永璘が、マリーの手習いに口を出したがるのは無理もない。

永璘は七歳のときに父親の乾隆帝から絵を描くことを禁じられた。それでも描くことをあきらめられなかった息子に、父親は清国人には決して見せないように誓《ちか》わせることで、密かに描くことは許した。永璘の絵を鑑賞できるのは、永璘がフランスから連れ帰った異国人のマリーと、十年前に永璘が絵を描くことを偶然知ったアミヨー神父のみ。

マリーに絵を学ぶ許可を与えた永璘は、西洋絵画に必要な道具をすぐにそろえてくれた。木炭やキャンバスだけではなく、パンシが入手できずに悩んでいた鉛筆などを、どこからどうやって永璘が調達したのか不思議に思いながらも、マリーはありがたく拝領した。欧州を外遊した折に、自分が使うために買い込んだ画材だったのかもしれない。

こうして、終業後に杏花庵で絵の練習をするマリーを、永璘は一日おきに訪れ、できた絵を批評していく。まだまだ絵ですらないスケッチの描き溜め段階で、ああだこうだと言われてもマリーは閉口するばかりだ。だが、気に掛けてくれていることは嬉しく、絵画に非凡な才能を持つ永璘が、マリーの挑戦に無関心でいられないのは察せられる。

まして、菓子作りのためと言いつつ、半分は絵の才能を封じられた永璘のために始めたことでもあった。

花びらの形を追って陰影をつけていくマリーの背後から、永璘が運筆を注視している。その気配に、謹慎が解ける少し前、この部屋で永璘に手を握られたことを思い出して、マリーの息は浅くなる。

杏花庵をマリーのために改築し、自由に使わせていることで、特別扱いされるマリーのことを「お部屋様」などと陰口を叩く使用人は少なくない。だが、マリーはきっぱりと永璘の申し出を断っている。最初は澳門《マカオ》から北京に向かう途上で、そしてこの春には、この杏花庵ではっきりと男女の関係になることを拒否した。

しかも、そのときに永璘に対する想いまで告白してしまった。

いま思い出しても顔が赤くなる。拒否しておきながら、永璘のことを好きだと言ったその気持ちが男女の情かと問われれば、それも違うような気がする。相手が年頃の見合った異性だというだけで、好きであるとか、自分にとって大切な人間であるといった感情を、恋愛の情であると決めつけられるのも納得がいかない。

キリスト教徒のマリーにとって、すでに妃が三人もいて、この先も何人の女性を妻妾《さいしょう》に迎えるかわからない東洋の皇子様は、結婚どころか恋愛対象でもない。理想のお姫様を探し出して永遠の愛を誓う、白馬に乗った王子様は東洋の国には存在しないのだ。

しかし、そういった理由で永璘に対する好意までは、否定できないマリーだ。

永璘に対するマリーの感情は、世間が納得するような、ありきたりの名前をつけられるものではない。

でも、こうして鉛筆や木炭を紙の上に走らせながら、絵について永璘の語る蘊蓄《うんちく》に耳を傾けていられる時間は、清国を生きた日々の、幸福な思い出のページに綴《と》じられていくのだと、マリーは信じている。

菓子職人の見習いと嫡福晋《ちゃくふくしん》の計らい

早朝に焼き上げたビスキュイと、五日のあいだに描きためた紙の束《たば》を抱えて、マリーは北堂の主日のミサに参列した。

絵のレッスンはフランス王と王妃の肖像画が飾られた応接室ではなく、事務的な椅子やテーブルが置かれた、殺風景な部屋であった。時計師の宣教師の作業部屋であったという。かつての部屋の主が細かい作業をするために、採光が良くしてあるのでこの部屋を選んだとパンシは説明した。

パンシは世間話も身の上話もせずに、マリーの課題スケッチを並べて一枚一枚批評を加えていく。陰影や遠近感を出すために、何が欠《か》けているか、どうすれば写実的な線が引けるか、実際にマリーの前で鉛筆や木炭を走らせてくれる。

鍵盤《けんばん》を叩くアミヨーの指先から天上の楽が流れ出るように、パンシの手に操られる筆先は、描かれる線に形と命を吹き込んでいく。

まるで、魔法のように紙の上にリンゴが現われる。白と黒の線による陰影だけなのに、甘い香りが漂い、果汁が滴《したた》りそう。そして次に描かれた花は風に揺れ、騙《だま》された蜂《はち》がいまにも蜜を求めて飛んできそうだ。

マリーはため息をついた。

無限に美を産み出すその運筆を、何時間でも眺めていられる。

半刻の指導を終えて、マリーは北堂を辞した。パンシの人柄は偏屈《へんくつ》であるが、正真正銘の芸術家で、かつ忍耐強い教育者であることは疑いがない。カスティリヨーネほどの名声や、アッチレに匹敵する評価は得られず、かれらほど厚遇されずにいるのは、その後見たる耶蘇会が消滅させられてしまったからではと、マリーは素人《しろうと》判断する。

いつか、カスティリヨーネの画風と生涯について、同じ西洋人画師であるパンシから話が聞けるだろうか。

北堂から帰宅すると、マリーは杏花庵に直行した。永璘が帰ってくる前にフランスの菓子を作っておかねばならない。日中は気温も高く、これから窯に火を入れると杏花庵そのものがサウナ状態になってしまうので、マリーは竈に火を熾《おこ》してフライパンを置き、手軽にクレープを焼くことにした。保管庫からもらってきた蜜漬けの杏《あんず》と李《すもも》を刻んでおき、井戸に下ろして冷やしてあるクリームは、盛り付ける前に泡立てる。

正門の方から永璘の帰宅を告《つ》げる喧噪《けんそう》が聞こえたところで、マリーは井戸から引き上げた器の蓋をとり、クリームを泡立てた。蜜漬けの果物と合わせて、クレープで巻く。

小麦粉の生地を薄くのばして焼き、具を巻いて食べるのは西も東も同じなのに、生地に混ぜ込むものや、皮に巻く具材に違いがあるのが面白い。清国では肉や野菜を巻いてメインにもなる春餅《チユンビン》だが、フランスのクレープはおかずを巻いて食べることはあるけども、もっぱら軽食か甘い間食の部類だ。

いくらも待つことなく、常服に着替えた永璘が杏花庵を訪れた。まっさきに顔をだすのが妃たちの待つ廂房《わきのや》でなく、宮殿群から離れた茶房なのはどうかと思うが、クリームが緩んでしまう前に給仕できることに、マリーはひと安心だ。

「それで、潘廷璋《はんていしょう》はマリーの絵をどう評価したのか」

永璘もまた色事などそっちのけで、パンシの絵画指導のようすを詳しく聞きたがる。画師に絵を教わったこともなく、才能と自身の感性だけで絵を描き続けてきた永璘には、画塾で習うまっとうな基礎が、どう指導されるのかずっと知りたかったのだろう。

マリーは赤い線で訂正の入った課題の絵を見せながら、ここはこういう説明を受け、ここは厳しく手直しをされ、この花びらの重なりに前後と奥行きを出す陰影のつけ方には、いくとおりかのやり方があるなどの指導を報告する。

永璘は熱心にパンシの教授内容に耳を傾けた。永璘にとっては初歩的な技法に過ぎないであろうに、「ほう」とか「なるほど」と、熱のこもった相槌《あいづち》が返ってくる。直感や手探りの試行錯誤で身につけてきた技法に、年月をかけた先人の発想や裏付けがあったと知ることに、純粋な喜びを覚えているようだ。

マリーは改めて、永璘は芯から絵が好きなのだなと実感した。

ひととおり説明し終わって、マリーは紅茶を淹れて永璘に差し出した。永璘は紅茶に蜂蜜を垂らして喉を潤す。それからにこやかにマリーに訊ねた。

「絵を描くのは楽しいか」

マリーは微笑み返してうなずいた。

「とても楽しいです。どうしていままでやらなかったのかと思うくらい」

自らの手で、それまでそこになかったものを作り出す、という点では、菓子作りに共通する何かがあるのかもしれない。

「道具がなければ、簡単に手の出せる趣味でも仕事でもない。私が絵の道具を取り上げられていたときは、そこらじゅうの壁や床にまで墨《すみ》で描きつけていたと、母上が嘆《なげ》いておいでだったというが」

この『母上』とは養母の潁妃《えいひ》ではなく、生母の令皇貴妃《れいこうきひ》のことらしい。旗人でも底辺階級の奴僕《ボーイ》の家に生まれ、妃嬪ではなく使用人である宮女として後宮に入り、乾隆帝にその美貌《びぼう》をみそめられて妃に選ばれた。一介の宮女から皇后《こうごう》に次ぐ皇貴妃にまで登り詰めたのだから、聡明《そうめい》かつ機知に富んだ女性であったのだろう。

そういえば、数日前に膳房に氷庫を造り忘れたという報告を受けた永璘は、「ああ、そうか。それは困ったな。今年はあまり暑くならなければよいな」とつぶやいただけで、季膳房長と高厨師を叱ることも罰《ばつ》することもしなかったという。

永璘にとってはどうでもいいことだったのかもしれないが、『万死に値《あたい》する過《あやま》ち』と、軽くても減俸を覚悟していた膳房長と高厨師は、本当に命拾いしたかのように、永璘の寛大さを褒め称《たた》えた。

ものごとにこだわらない永璘の人柄を思うと、令皇貴妃がどれだけ永璘をかわいがって育てたのかと想像してしまうマリーだ。おそらく、当時は他にも年かさの皇子がいたことや、自分の生まれの低さを考え合わせ、末っ子の永璘が皇帝になることはないだろうと、おおらかに育てたのだろう。

その一方で、同じ奴僕《ボーイ》の家に生まれたのに、容姿も資質も平凡な小菊は、病を抱えつつ王府の雇用にしがみつかねばならない。

不意に、明るくない未来を予言された同僚のことを思い出したマリーは、無意識にため息をついた。

「どうした」

いままで弾《はず》んでいた会話が急に途切れたことに、永璘は怪訝《けげん》な顔で訊《たず》ねる。

「あ、いえ。同室の小菊の持病が悪化しているみたいなのです。何か私にできることがないかなあと、思っているんですが。何も思いつかなくて」

「医者には診せたのか」

一使用人のことで主人の気を揉ませたくはなかったが、質問には過不足なく答えなければ、かえって永璘に不快な思いをさせる。マリーは正直に打ち明けた。

「診察代や薬代が払えないかも、って心配して、小菊は診察を受けたがらないのです」

「本人が望まないのならば、どうしようもない」

王府に勤めて給金も受け取っている小菊が医者にかからないのは、本人の選択《せんたく》なのだ。マリーにどうこうできることではない。

「そうですよね。無理をして、いまより悪くならなければいいと祈ることしかできなくて。ここに来たときから仲良くしてくれた同室の仲間が、つらそうにしているのは、見ているのも気の毒です」

ふむ、と永璘は頬を撫で、「あまり気に病むな。マリーまで病を引き寄せるぞ」と言って立ち上がった。

永璘が去った後の、午後の杏花庵はひどく静かに感じる。

百を超える使用人を抱える王府だ。その王府の使用人のひとりに過ぎない小菊の悩みを、永璘がなんとかしてくれると思っていたわけではないが、まったく無関心に受け流されたことに失望を禁じ得ない。

「そりゃ、使用人ひとりひとりの事情に首を突っ込むほど、ご主人さまは暇じゃないんでしょうけど」

何せ、第十七皇子の永璘は、紫禁城の留守居を仰《おお》せつかった皇帝の代理人だ。夏の間、父や兄たちに代わって内政を背負っている、とても偉い皇族なのだ。

「わかってるけど、がっかり」

慶貝勒《ベイレ》府に来たばかりのとき、右も左もわからないマリーに親切にしてくれた先輩の小《しょう》梅《ばい》が、公《おおやけ》にできない事情で王府を去ったとき、マリーは何もしてあげることができなかった。いまごろ、どこでどうしているだろう。器量が人並みでなく婚期を過ぎた女が、勤め先の年季が明けて実家に戻っても、家族に邪険にされることもあるという。小菊が心配しているのも、そういうことだろうか。

外国人で使用人の分をわきまえないマリーに冷淡な清国人も少なくないなか、意地悪することもなく、なにくれとなく相談にも乗ってくれる同室の小菊たちは、マリーにとっては同僚であるだけではなく、友人に等しい。

マリーのために杏花庵を西洋茶房に造り替え、絵の道具をそろえてくれる永璘に相談すれば、小菊を救ってくれると思ってしまったのは、傲慢《ごうまん》に過ぎた。マリーは特別に愛されているわけではない。パティシエールとしての腕を必要とされる、職人未満の使用人なのだ。分をわきまえねば、居場所がなくなる。

マリーはタン！　と卓を両手で叩き、すっくと立ち上がった。

午後もすっかり遅い。休日はあっという間に過ぎる。マリーは杏花庵を片付けて、明日からの日常に備えた。

変化は猛暑が通り過ぎたころに訪れた。

小菊が寝込み、三日も仕事を休んだ日のことだ。マリーたちが部屋で昼食をとっていると、女中頭が新しい使用人を連れてきた。

「倒座房の掃除をやってくれる。小杏、面倒を見てやってくれ」

女中頭に名指しされ、小杏は「はい」と答える。

「小葵《しょうき》という名をいただきました。よろしくお願いします」

小さな行李《こうり》を抱えた十六、七の頬の赤い娘は、筆の先でちょんちょんと描いたような目鼻立ちに、緊張の笑みを顔に貼り付けて挨拶をした。

食事を終えて、小杏が小葵を連れて出て行くと、卓の食器を片付けながら小蓮がぼやく。

「あ～あ、皿洗いも増えないかなぁ」

小菊が布団から顔を出して笑った。

「厨房が一番増員されたじゃない。いまより増えると、仕事も仕事する場所もなくなってしまうよ」

「前院の厨房が再開すれば、もう少し増えるらしいよ」

マリーは口をはさむ。

「賄い厨師の募集も始まってるって、高厨師たちが話していた。厨師たちは前院に振り分けられるんじゃないかって、びくびくしてる」

マリーは膳房の再編成が近々行われるという話を、燕児から聞いていた。格式ある膳房と賄い厨房では、そこで働く厨師の格付けにもかかわってくる。燕児は厨師助手から厨師に昇格するらしいが、そのために前院厨房の点心担当にされることを心配して、憂鬱そうにしている。

『外国人の女厨師』に偏見や悪意を持たず、丁寧に仕事を教えてくれる燕児と持ち場が離れてしまったら、マリーも残念だ。直《す》ぐ上の上司が、マリーを嫌っている王《おう》第二厨師になってしまうのも、実害ばかりを想像してしまう。

マリーが謹慎を命じられる原因となったアーモンド騒動を引き起こした王厨師は、現在のところ、何事もなかったかのように、マリーをほかの徒弟たちと同様にこき使う。だが、かれの社会観《かん》が一朝一夕に変わるはずもなく、女性に対する偏見や、外国人に対する嫌悪《けんお》感がまったく拭《ぬぐ》い去れるわけでもない。言葉や態度の端々に、マリーが膳房にいることに苛立っていることは感じ取れる。

ハリネズミ上司と心の中で名付けて、日々の溜飲《りゅういん》を下げているマリーである。

マリーを嫌っているのは王厨師だけではない。他局の厨師、特にマリーより後に入ってきた厨師は、王厨師と同じような偏見と差別意識の持ち主が少なくない。

貝勒《ベイレ》府の後院に新しく建てられた膳房は、いままで使用されていた前院の厨房よりも広く、各料理局の配置も微妙に違う。倉庫からは遠くなり、使い勝手が違うために戸惑《とまど》うことが多い。それはマリーだけではなく、ほかの厨師や下働きも同じことで、そのための苛立ちや衝突《しょうとつ》も起きやすい。ただでさえ嫌われ者のマリーは、慎重に立ち回らなければならなかった。

食器を入れた提盒《おかもち》を小蓮と分け合って持ち、膳房へと戻る道すがら、小蓮がマリーにささやきかけた。

「あの小葵って娘さ、小菊の代わりらしいよ」

マリーはびっくりして、小柄な小蓮の頭を見下ろす。

「どういうこと？」

「小菊、辞めることになったらしい。病欠が多すぎるからって」

マリーは愕然《がくぜん》とした。持病といっても、命にかかわるほどではなく、誰にうつるというものでもない。見た目もひどくやつれてはおらず、月経が過ぎれば普通に働けるのだ。

「だから、早く医者にかかっておけばよかったのに。治る病気なら、治しながらお勤めも続けられただろうに。ま、仕事を続けたところで、年季明けまでひたすら掃除三昧《ざんまい》だものねぇ。働けなくなったらお払い箱なんだから、私たちも病気しないようにしなくちゃね」

小蓮は口を尖らせて言った。

「うん」

マリーは上の空で相槌を打った。

三日の月休みが過ぎても、小菊はまだ起き上がれないでいる。やはり持病は悪化しているのだろう。

明日は働けるのだろうか。寝込んでいる間は食事もあまりとれなかった小菊のために、マリーは自分に何ができるかと考える。

幸い、朝夕は涼《すず》しくなってきた。氷がなくても涼しいうちに菓子を冷やしておける季節になった。栄養たっぷりのブラン・マンジェを小菊のために作ってみよう。

マリーはその日は早く寝て、次の朝は誰よりも早く膳房に出勤した。昨夜のうちに水に浸《つ》けておいたアーモンドを取り出し、手早く薄皮を取り除く。

夫とともに熱河に発《た》つ前に、和孝公主が置いていってくれたアーモンドだ。あまり量がないので、何を作ろうかずっと迷っていたが、一人分のブラン・マンジェを作るには充分な量だ。

アーモンドを砕いて水を加え、さらに細かく挽《ひ》いてから布と笊《ざる》を使って二重に漉《こ》す。搾《しぼ》り出せた大きめのカップ一杯分のアーモンドミルクに砂糖を加え、ふやかしておいたゼラチンの水を切って混ぜ、火にかけて沸騰《ふっとう》させる。

薄く油を塗っておいた冷菓用の竹の器に、ふたたび濾過《ろか》したアーモンドミルクを流し込み、冷たい井戸水を張った漆の器に入れて、保管庫の一番涼しいところに置いて固まるのを待つ。

桜桃か木苺《きいちご》といった旬の果物も添えて出せば、彩《いろど》りも良さそうだ。

マリーが保管庫から出てくると、日の出まではまだしばらく時間があるというのに、厨房はすでに明るく灯がともされ、厨師たちがせわしなく働き始めていた。

「瑪麗《マリー》、おまえどこにいたんだ。器具を使ったあとがあるから、遅刻じゃなさそうだとは思っていたけど」

燕児に見とがめられた。

「うん。ちょっと試作品を作っていました。朝の涼しいときじゃないとできないので」

王厨師がきりきりとした太い眉をいからせて、マリーを叱り飛ばした。

「勝手に道具を使い散らすんじゃない」

　あごの四角いがっしりとした体格で怒鳴られると、マリーでなくても震え上がる。しかし西洋菓子の試作品を作ることは、高厨師の許可を得ているのだから、王厨師が口をだすことではない。

　とはいうものの、今日は高厨師は休日だったので間が悪い。この日の点心局は王厨師の天下だ。マリーは即座に王厨師に謝った。

「すみません。すぐに片付けます」

　王厨師が前院の厨房に配置されればいいのに、とマリーは内心で思いつつ、大急ぎで朝の作業にとりかかる。

　点心局の朝が一番早いのは、朝食の前に朝の点心を出さねばならないからだ。清国では朝食を辰《たつ》の刻（午前八時）にとるのだが、起きる時間はもっと早い。そのため、早朝の軽食として、粥か湯麵《タンメン》、あるいは昨夜の残り物を温めて食べる習慣がある。

　朝の給仕が一段落すると、マリーはブラン・マンジェを大事に抱えて、下女部屋へと駆け戻る。身繕《みづくろ》いを終えた小菊と小杏、そして新人の小葵が、朝の点心を食べ終えたところだ。

「間に合った。小菊、朝ご飯は食べられた？」

　頰が心持ち細くなった小菊が、薄く微笑む。

「食べないと、仕事にならないからね」

「これ、よかったら食べて。暑い夏の病み上がりに、よく効くの」

差し出された竹筒の容器をのぞき込んだ小菊は、くんくんと匂いを嗅《か》いで、不思議そうな顔をした。

「乳羹《にゅうかん》？」

「似たようなもの。ブラン・マンジェといって、巴旦杏《はたんきょう》のミルクで作ったの」

「それで、朝早くから出て行ったの？　小蓮が起きたときにはもういなかった、ってびっくりしていたよ」

「固まるのに、半刻はかかるからね」

小菊が匙《さじ》ですくうと、白く柔らかな塊《かたまり》がぷるぷると揺れる。彩りに散らしたブルーベリーの藍《あい》が涼しげだ。小菊はおそるおそる口の中へ入れた。

アーモンドの香りがふわりと鼻腔に広がり、甘くなめらかな口当たりの乳羹が喉へと下りていく。毒のある杏仁《きょうにん》と匂いが似ているという巴旦杏については、マリーから話を聞いていたので怖れることはなかったが、慣れない香りなので小菊はなんとも言えなかった。

「豆乳よりは、よい香りかな」

味見したげな小杏と小葵を横目に、小菊はたちまち器を空にしてマリーに返した。

「藍苺《らんめい》なんて高価な果物まで――ありがとう。なんか気分がすっきりした」

そんなに早く効くものではないのだが、マリーの心遣いに気持ちが上向きになったのだろう。小菊は明るく笑って礼を言った。

続く数日は、膳房に落ち着かない空気が漂う。誰が賄い厨師として前院の厨房に送られるのか、戦々恐々としているのだ。

浮かない顔の燕児に、マリーはかける言葉を知らない。うかつなことを言って王厨師の耳に入っては余計な対立を招く。李兄弟も、燕児と王厨師の周りではほとんど口を開かない。李兄弟としても、兄か弟のどちらかが厨房に行くことになるだろうという、あきらめがあるようだ。

マリーはどうなるのだろう。いっそ燕児と厨房に配置されれば、王厨師という重石《おもし》から解放されて気楽に働ける。しかし、マリーは永璘によって異国から招かれ、清国で修業をしている立場なのだから、宮廷点心を学ぶには膳房に残るべきだろう。どちらにしても、それを決めるのはマリーではない。

「俺は兄貴についていきますよ」

王厨師があたりにいないことを確かめて、李三が燕児にささやく。

心配そうなマリーと李兄弟の顔を交互に見つめた燕児は、苦笑して李三の肩を叩いた。

「そんな顔をするなよ。島流しに遭《あ》うわけじゃないんだから。厨師助手から厨師になれば、厨房だろうと膳房だろうと給金は上がる。賄い点心なら自分の試したいように味付けや具も変えられるから、悪いことばかりじゃない。どこにいようと、修業する気があれば腕は磨けるさ」

燕児と李兄弟、そしてマリー。ずっと一緒に学んで働いてきた四人が、同じ王府内とはいえ別れ別れになるのはひどくやるせない。マリーが思わず涙ぐむと、三人の男子も顔をくしゃりとゆがめて無理に笑顔を作る。

「だから、今生《こんじょう》の別れじゃないっていうのに」

そして、下女長屋に戻れば、こちらは本当の別れが待っている。

まもなく王府を去る小菊は、多くはない私物を炕《かん》に広げて整理していた。

小梅が去り、小菊も辞めてしまうと思うと、マリーの胸は締め付けられる。

「これからどうするの」

マリーの問いに、小菊はかすかな笑みを口の端に浮かべた。

「とりあえず実家に帰るけど、嫡福晋《ちゃくふくしん》さまが縁談をととのえてくださっているから、それを受けることになると思う」

「嫡福晋さまが？　小菊の縁談を？」

「年季明けの召使いの縁談を決めるのも、主筋の役目なの。私の年季はまだ先だけど、働きすぎて体を悪くしたのなら、快復するまであまり苦労しない嫁《とつ》ぎ先を探さないといけませんね、って嫡福晋さまがおっしゃってくださって。わたしなんかのためにそう言ってくださるのだから、ありがたいことよね」

呪術師の予言が実現していく。健康であれば、まだあと五年はこの王府にいてマリーたちと元気に働いているはずの小菊が、呪術師の言った通りにこの年に嫁いでいく。ではもうひとつの予言もまた、いつか実現するのだろうか。

　マリーは小声で小菊に話しかける。

「ねえ小菊。体、治してね。お金が要るなら、私、少し蓄えもあるから」

　あの予言を聞いたのはマリーだけだ。だから、余計なお節介《せっかい》にも聞こえるこの申し出を、小菊は無礼だとは思わないはずだ。

　小菊は首を横に振った。

「予言のことを気にしているのなら、心配しないで。私、子どもが欲しいわけじゃないの。むしろ、子どもを産むのは怖い。私の姉はね、出産で命を落としたの。赤ん坊も、二ヶ月で亡くなった。子どもを産まなくてすむなら、後家運でもかまわない。こんな私が、年季明けを待たずに、若いうちに結婚できるんだから、文句は言っちゃいけないの。だから、ね。マリーは心配してくれなくてもいいよ。貯めたお金で点心茶房を始めるときは、私を呼んで女中頭にしてくれる約束を覚えていてね」

　強がりなのか、それとも世間の考える不幸は、当事者にとってはそれほど悪いものではないと考えるのも、それはひとつの生き方なのか、マリーにはまだわからない。ただマリーの選んだ未来も、世間の善《よ》しとする女の幸せからは遠くかけ離れている。

　マリーは少しの悲しみと、同じくらいの安心を抱えてうなずいた。

「小菊の送別会を杏花庵でしてもいいか、老爺《ラオイエ》に頼んでみるね。いままで食べてもらった洋菓子で、食べたいものがあったら言って。全部作るから。燕児たちにも来てもらおう。

作って欲しい点心はある?」

「そんなにいっぱい一度に出されても食べきれないけど。ありがとう」

笑いながら、小菊は目尻からこぼれる涙を指で払った。

＊　＊　＊

日没が近くなり、鈕祜祿《ニオフル》氏は侍女らに就寝の支度《したく》を命じて、自らは奥の部屋で誦経《ずきよう》を始めた。二年前に亡くした息子の魂《たましい》を慰《なぐさ》めるためだ。死後の世界でも不自由しないよう、紙銭《しせん》を燃やして、亡魂《ぼうこん》の平安を祈る。

侍女たちが慌てさざめく気配を感じた鈕祜祿氏は、表の居間へようすを見に出た。

「永璘さま。今夜はお越しにならないと思っていましたが」

永璘は浮かない顔で一の妃に答える。

「阿紫《あじ》が熱を出したので、中院の東廂房《ひがしわきのや》を締め出された」

「まあ、阿紫が?」

鈕祜祿氏は両手を揉《も》んで声を上げ、心配のあまり表に出て、永璘の第三妃、庶福晋《しよふくしんヂヤン》張佳《ギヤ》氏の住む中院へと視線を向ける。阿紫は嫡子《ちやくし》のいない永璘の、たったひとりの娘だ。くしゃみひとつで王府じゅうが大騒ぎをするほど、大切にされている。

「病と聞けば、そばにいてやりたいものだが、紫禁城の留守居役に病がうつっては一大事と我が子からも遠ざけられる。皇族というのは因果なものだな」

永璘は嘆息とともに愚痴《ぐち》を吐き出した。夫の憂鬱に気づいた鈕祜祿《ニオフル》氏は、中へとって返し、永璘の手を取った。

「お茶を淹れさせましょう。それとも、酒を温めさせましょうか」

永璘はしばらく考えて、鈕祜祿氏が相伴するなら酒が良いと言う。鈕祜祿氏は太監に酒を温めてくるようにと命じた。

「ああ、だが、今宵《こよい》は点心局には誰もいないはずだ。マリーが杏花庵に集まって送別会をやると言っていた」

「他の局にも夜番の厨師か火番の者がいるでしょう。酒を温めて漬物を合わせるくらい、太監にもできます」

鈕祜祿氏は鷹揚《おうよう》に夫を諭《さと》す。

「そうだな」

「杏花庵の送別会とは、小菊とかいう下女のためですか。永璘さまがわたくしに縁づけ先を探しておくようにご命じになった？」

「うむ。病であといくらも勤められそうにない同僚がいると、マリーが気に病んでいた」

そうでしたわね、と鈕祜祿氏は相槌を打つ。

「嫁ぎ先は見つかったのか」

鈕祜祿氏は苦笑する。

「病人を娶《めと》ろうという家はそうそうございませんよ、永璘様。そこで、執事に詳細を調べさせましたら、掃除をさせるには体が弱っているように見受けられるとのことでした。症状を書き記させて侍医に問い合わせたところ、養生《ようじょう》すれば普通に生活はできるとの返事が来ましたので、しかるべきところに縁談を求めさせました。ゆったり養生できるような嫁ぎ先をみつくろうのは小菊の身分では難しいことでしたが、慶貝勒《ベイレ》府から迎えるということですから、そうぞんざいにも扱われないでしょう」

「それなら安心だ」

永璘は運ばれてきた酒を杯に注がせて、ひと息に呑む。

「安心なさっているお顔ではございませんわ。永璘さま」

鈕祜祿《ニオフル》氏もまた、憂《うれ》いを帯《お》びた微笑みを夫に向ける。

「マリーは、小菊とやらの病気を治してやりたかったのだろうと思うと、な」

「異国に移り住んで、最初にできた朋輩《ほうばい》ですから、別れもつらいことでしょう」

鈕祜祿氏はマリーが抱えていたであろう思いと、夫の憂鬱の正体を言葉にする。

「だからといって、永璘さまが小菊の治療《ちりょう》にまで手を差し伸べてしまうと、他の使用人たちの嫉《そね》みをかいます。瑪麗《マリー》に頼み込めば、自分の蓄えに手をつけずとも治療費を永璘さまがだしてくれると勘違いする者が出て、瑪麗をいまよりも追い詰めることになってしまいます。我々は、慣習の範囲内でしか、家内の者たちを救済することはできません。過不足のないところへ小菊を縁づけるのが、誰の面目《めんぼく》も潰さずにすむ最良の方法なのです」

永璘は卓に肘《ひじ》をついて、成人の儀と成婚の日以来、ずっと寄り添ってきた妃に微笑みかけた。

「紅蘭《こうらん》はほんとうに思慮深く、聡明な妃だ。私にはもったいない」

名を呼ばれた鈕祜祿《ニオフル》氏は恥ずかしげに小さく笑って、永璘の横に腰掛けた。永璘は鈕祜祿氏の杯に酒を注ぐ。

「しもじもの者にも情けをおかけになるお優しい永璘さまこそ、わたくしにはもったいないお方です」

ふたりで杯を傾けながら、夜が更けていく。

第二話

放蕩《ほうとう》の詩人

西暦一七九一年　乾隆五六年　初秋
北京内城

菓子職人の見習いと、南からの旅人

風の匂いが変わった。庭園に咲き乱れる花の種類も、少しずつ夏から秋へと色合いを変じていく。

マリーは北堂に近い中南海《ちゅうなんかい》のほとりに腰を下ろした。写生板に紙を載せて、紫禁城の城壁を写生する。マリーの背後では、何雨林《かうりん》が彫像《ちょうぞう》のように不動の姿勢で写生が終わるのを待っていた。

湖の向こうに聳《そび》える城壁を描き写すには、遠近法を駆使《くし》して奥行きを出すのだが、まだ鉛筆の持ち方を覚えて二ヶ月にも満たないマリーにはなかなかの難題である。

鉛筆を立てて握った腕を伸ばし、城壁や木々の高さを計りつつ、見たとおりの風景を描き写していくだけの作業の難しいこと。

紙いっぱいに湖畔《こはん》の木々と紫禁城を遠望する風景を描き上げたマリーは、雨林のもとに駆け戻って誇らしげに掲《かか》げて見せた。

「似てます？」

雨林は片方の口ひげを少し上げて目を細めた。

「そのものです」

「そんなわけないじゃないですか。本当のことを言っても怒りませんので、正直な感想をお願いします」

マリーは雨林の下手なお世辞を笑い飛ばした。

「何が描いてあるかは、わかります。見る者が見れば、どの位置から見て描かれたものかも、わかるでしょう。ただ、あまり見慣れない手法なので、触ってみたくなりますね」

奥行きが気になるのだろう。雨林は紙に目を近づけて、城壁の向こうに見える瓦《かわら》屋根に指を伸ばす仕草をした。

白黒のスケッチでは、色彩によって遠近を出すことができないので、陰影《いんえい》に頼らず視点を集中させる透視図法を徹底的に練習しなくてはならない。雨林がマリーのスケッチに奥行きを感じたのならば、上達しているのだとマリーは自信を持った。

「この線はなんですか。光ですか」

城壁の一画から放射状に延びる何本ものうっすらとした線を指さして、雨林が訊ねる。

「ええと、これはですね。視点を一点に定めて、放射線に沿って奥へ行くほど……が小さくなって、ええと、遠近を表す透視図法というものでして」

パンシから受けた講釈を繰り返そうとしたマリーだが、意味の通った説明が思い出せない。というより、対応するフランス語の絵画用語を、マリーの知っている北京《ベキン》語に見つけられない。たまたま、以前読んだ透視図法に関する漢語の本から、断片的な知識と専門用語は覚えていたが、改めて自分の言葉で説明しようとすると、うまく言葉を紡《つむ》ぐことができなかった。

「すみません。まだまだです。理論的なことは、教えてもらったときはわかった気になるんですが、どういうことか説明しようとすると頭の中が白くなって――」

マリーは写生した紙を画板に挟んだ。永璘《えいりん》に早く見せたくて、わくわくする。拙《つたな》いなりに、二ヶ月でずいぶん上達したと、我ながら自分を褒めたくなる出来だと思う。どんなに疲れていても、時間がなくても、就寝前に一輪の花か、目の前の茶碗を写生することは続けてきたのだ。

パンシの出した課題は、一日に一枚以上の絵を描くことだった。マリーはそれを忠実に守った。小麦粉で手を白くしない日がないのと同じように、鉛筆を持たない日はなかった。そして、それは点心局の人員が減って、いっそう忙しくなってしまったいまも続けている。

燕児《えんじ》と李三《りさん》は前院の厨房に配置され、膳房の点心局は高《こう》厨師と王《おう》第二厨師、徒弟はマリーと李二《りに》の四人だ。交代で休みをとるので、三人の日はおそろしく忙しい。

「体がもたない気がする。もっとひとを入れるって話はどうなったのかしら」

小麦粉と砂糖を取りに李二と倉庫へ向かいつつ、マリーは小声で愚痴《ぐち》った。

「ひとを増やすのは、もうすぐ落成する中院の漢席膳房だ。そっちができたら、ふたつの膳房が交代で稼働《かどう》するわけだから、休みが増えて楽になる。それまでの辛抱《しんぼう》だ」

「それまでって？」

「ひと月くらいかな」

「ひええ」

マリーはどっと疲労を覚えたが、そんな日でも最低一枚は絵を描く。

ある日は李二の似顔絵を描いてとても喜ばれた。親に送ってやるんだとはしゃぐ李二に、翌日は李三がおれの顔も描いてくれと膳房までおしかけてきた。

そんな折に、パンシの都合もあってレッスンが隔週《かくしゅう》になったのは、マリーにとっても大変ありがたいことだ。

マリーが毎週でかけなくてもよくなったことを知った小杏《しょうあん》が、外出に誘う。

「小菊《しょうぎく》の嫁ぎ先に、お祝いに行かない？」

小菊のことは気になっていたので、マリーは行くことにした。鈕祜祿《ニオフル》氏にも外出の伺いを立てて、許可をもらう。近所なので、侍衛を連れていかなくてもよいという。

「もう結婚していたんだ。招かれなかったのはちょっと心が挫《くじ》ける。清国には、友人たちが集まって結婚を祝う習慣がないの？」

教会で執《と》り行われる挙式に、親族や友人が立ち会い祝福するという習慣のない社会は、少し寂《さび》しい気がする。

「祝言は、自宅で挙げるからねぇ。でも、お披露目《ひろめ》というか、祝言の振る舞いはあるから、みんながお祝いに駆けつけるのは普通にあるよ。ただ、私たちはお勤めを休めないじゃない？　年季明けで労《ねぎら》われて送り出されたわけじゃないし、小菊は大げさにしたくなかったんじゃないかな」

破綻《はたん》を予言された結婚を、小菊は派手《はで》に喜べなかったのかもしれない。

「お披露目があったのなら、もっと早くお祝いに行けば良かったね」

マリーがそういうと、小杏は首を横に振る。

「結婚してすぐの嫁ぎ先に、未婚の友人が押しかけるのは気が引けるじゃない。でも、落ち着いた頃に、王府からのお遣いってことなら、堂々と行ける」

そんなものかとマリーは納得した。いつか小菊と歩いた胡同《フートン》を見かけ、あの呪術師が自分の成した予言の半分が当たったことを知ったら、どんな顔をするだろうと思う。

小菊の婚家は、慶貝勒府《けいベイレふ》のすぐ近くらしい。小杏の話から、皇城へ歩く距離の半分くらいではとマリーは推測した。

「すぐ近くにいたのね。なんか不思議」

内城の城壁近くに並ぶ、少し寂《さ》びた四合院《しごういん》の家並みを眺めて言った。

「慶貝勒府から縁談を持ち出すなら、老爺《ラオイエ》が所属される鑲藍旗《じょうらんき》の旗人に白羽の矢が立つでしょうから、別に偶然でもなんでもないわ」

「ちょっと待って。小菊の結婚相手って、老爺がお決めになるの？」

マリーは思わず立ち止まって小杏を問い詰める。

「御殿勤めの侍女が年季明けになると、お仕えしていたお妃さまが条件のよい嫁ぎ先を念入りにお選びになるけど、わたしたち下働きの結婚相手は、仲人請負《うけおい》が執事に持ち込んだいくつかの縁談から、最終的に決めるのは嫡福晋《ちゃくふくしん》さま」

「嫡福晋さまが、ほとんど顔を合わせたことのない使用人の結婚相手を決めるの？」

御殿に通じる回廊《かいろう》ですら、足を踏み入れることを許されない下級の使用人だ。主人にとっては、顔と名前すら、縁談が持ち上がるまで知らなかったであろう使用人の結婚を、主人が決めてしまうのかというマリーの驚きに、小杏はきょとんとした顔で見返す。

「王府の使用人が縁づくということは、その家と王府に縁ができるということだもの。主《あるじ》が慎重にお選びになるのは当然でしょ」

「小菊が相手を気に入らなかったら？」

小杏はふっと鼻で笑った。

「問題にもならないよ。親や主の決めたことに逆らったら、この国では生きていけないもの。法国《フランス》ではそうじゃないの？」

小杏は東西の婚礼の違いについて話し合うことに、興味を覚えたようだ。

マリーは歩きながら考え込む。

「王族や貴族はそうらしいけど、庶民はそうでもない。私とジャンが婚約したのも、自分たちで決めた。貴族なんかも、形式上は男性が女性本人に結婚を申し込むの」

マリーは小杏に向き合って、片手を差し出した。

「こうやって、『私の手を取ってください』って求婚するの。真心を示すために、花や指輪とかの贈り物を差し出したり、膝をついてお願いすることもあるらしい。そんなことされたら、ほだされちゃった勢いで『はい』って言っちゃいそう。で、女の方がその手を取れば、求婚を受け入れたことになる。結婚したくなかったら、『ごめんなさい』って」

小杏は目を丸くし、そして噴き出した。

「それじゃ、男の面子《メンツ》が丸潰れじゃない。逆恨《さかうら》みされて、何をされるかわからない！」

ふたたび前を向いて歩きながら、マリーはうなじに手をやっていっしょに笑う。

「まあ実際には、予《あらかじ》め親や周囲がそういう状況を作り上げて、女性が断ることはほとんどないらしいけどね。どうしても嫌な相手なら、申し込まれないように逃げ回ることはできるみたい」

小杏は「そんな求婚受けてみたい、それで、うんと手厳しく断ってやりたいね」、と立ち止まり、腹を抱えて笑い出す。

日々、怒鳴り散らす男たちに囲まれて仕事をしているせいか、マリーは年の近い同性とのたわいのない会話に、固い結び目のようになっていた心がほぐれていく。

やがて小杏が門の小さな四合院の前で立ち止まった。同室仲間からの心尽《こころづ》くしの祝いの品に顔をほころばせる。燕児が用意してくれた点心の詰め合わせを、小菊は喜んで迎えた。

マリーと小杏を、小菊は喜んで迎えた。

「王府の味が懐かしい。瑪麗《マリー》の作ってくれた巴旦杏《はたんきよう》の豆腐もまた食べたい」

「材料があれば作れるんだけど。杏《あんず》の種にも毒のないのがあるらしいから、それで作った杏仁羹《あんにんかん》というのが、江南《こうなん》にあるって老爺《ラオイエ》がおっしゃってた。漢席の厨師が王府に入ったら、似たような乳羹《にゅうかん》がたくさん作れそう」

小菊がふふっと笑う。

「楽しみ。王府のお墨《すみ》付きの料理や点心は、評判が上がると城下の茶楼《さろう》でも作って売り出すから、私たちもいつでも食べられる日がくるといいね」

小菊の顔色は悪くない。腹の病も王府に勤めていたときほどつらくないという。環境が変わったことが、小菊の症状を軽くしたのならば、仕事を辞めたのは結果的によいことだったのかもしれないとマリーは思った。

小杏が手洗いに席を外したとき、小菊はマリーに訊ねた。

「私の持病のこと、瑪麗が老爺に話したの？」

「え……うん。でも詳しくは話さなかったよ。ただ、医者代とか薬代って、どれくらいするものか訊ねただけ。具体的なことは、何も……」

余計な告げ口をしたと思われただろうかと、マリーは口ごもりながら曖昧《あいまい》に答えた。そのために辞めさせられたのではと思い、マリーは心臓がきゅっと絞られる。

「どうして？」

マリーの問いに、小菊は膝に置いた自分の手を組み、うつむいて口を開く。

「体を壊して辞めていく奴僕《ボーイ》は珍しくないけど、そのあとの世話までしていただけることって、滅多にないのよね。こんな、ちゃんとした家にまで縁づけてもらえて、うちの親もびっくりしている。私は別にどのお妃さまにも、上司や女中頭にも気に入られていたわけじゃないし。もしかしたら、瑪麗《マリー》が老爺《ラオイエ》か嫡福晋さまに口を利いてくれたのかな、って。そうだったら——ありがとう」

ふつうはね、奴僕《ボーイ》なんて使い捨て、とつぶやいて小菊は微笑んだ。マリーは永璘の無関心ぶりに失望したことを思い出して慌てる。

「どうかな。嫡福晋さまはとてもお心の優しいお方だから、お気を回してくださったのかも。小蓮も小杏も、休みが増えていたこと、気にしていたじゃない？　執事はとっくに小菊の持病には気がついていただろうし」

「それでも、瑪麗《マリー》のお蔭《かげ》だと考えたら、腑《ふ》に落ちるのよ」

小菊の微笑には憤懣《ふんまん》も恨みもない。告げ口のために仕事を逐《お》われたとは考えていないことに、マリーは安堵した。

あまり長居せず、小杏とともに小菊の新居を辞する。質素だが片付いた家のたたずまいと、体調の良さそうな小菊の顔を思い出してほっとしたマリーだが、小菊が一度も夫とその家族について話さなかったことが、心に引っかかる。そのことを小杏に告げると、小杏はくすりと笑った。

「なにもかも完璧《かんぺき》な結婚なんて、あるわけないじゃない。王府に押しつけられた病がちの奴僕を嫁として引き受けてくれる婚家だもの。そこそこの家格の官吏《かんり》なのに、嫁が来ないってところで、察してあげなよ」

呪術師は良縁だと予言したが、実際のところはわからない。何を良縁の基準とするのだろう。小杏や小菊にとっては、体を壊すほど働く必要がなく、つつましく暮らしていける嫁ぎ先ならば、良縁なのかもしれない。

ただ、小菊の退職と上から押しつけられた結婚を、自分のお節介が引き起こしたのだと知って、マリーは憂鬱になった。

うつむいて歩くマリーに、小杏が寄り道を勧《すす》める。屋台や出店が並ぶ大通りでは、小間物なども売っている。小杏は襟飾《えりかざ》りや簪を眺めて気晴らしに夢中だ。マリーは香辛料を扱っている店があれば気分も変わるのだが、などと考えていると、人混みに紛れた小杏を見失ってしまった。

「困ったな。通りの外《はず》れで待っていれば、合流できるか」

マリーは店を冷やかすのをやめて、足早に雑踏《ざっとう》を通り抜けようとした。

「きゃ」

思わず声を上げて、マリーは何に躓《つまず》いたのかと身を退いて足下を見た。老人がうずくまっている。足下を見ていなかったので気づかず、蹴飛《けと》ばしてしまっただろうか。

「おじいさん、ごめんなさい」

マリーが手を差し伸べつつ謝ると、老人は呵々《かか》と笑い声を上げた。

「おお、若い娘に蹴られるのは問題ない」

顔を上げた老人は、アミヨーと同年くらいであろうか。頭に髪がないのは、辮髪《べんぱつ》のためではなく、年齢のせいであろう。ふさふさと胸まで伸びたあごひげも、アミヨーを彷彿《ほうふつ》とさせるが、出会い頭にいきなり軽口を叩かれたせいか、表情や雰囲気はずいぶんと剽軽《ひょうきん》な印象を与える。

マリーの手をとらず、手にしていた杖にも頼らずに、すっくと立ち上がったところを見ると、見た目ほど老《お》いているわけではなさそうだ。耳の後ろには、剃《そ》るのをあきらめたらしき白髪《しらが》がひと摑みずつ、ほよほよと風に揺れている。

「背の高い姑娘《クーニャン》だの。歩くのも速い。避けきれんかったわい」

ワハハと歯を見せて笑う。声も大きく、歯がそろっているところを見ると、老《ふ》けて見えるだけで、まだまだ若いのかもしれない。

「避ける気もなかったがな。姑娘に用があったのでな。まさか体当たりで止めることになるとは思わんかったが」

「私に、何かご用ですか」

マリーはとっさに警戒《けいかい》を込めて対応する。

東洋人寄りの顔立ちではあるが、眉間《みけん》から立ち上がったマリーの鼻梁《びりょう》は周囲の華人よりは高く、ミルク色の頬にはそばかすが散っている。西洋人と東洋人の特徴がマーブルのように混じり合い、ところどころ個別に主張する外見は、街頭で目立たずに歩くことは難しい。しかも妙齢の女性ということで、さらに人目を引く。

遠出のときは、侍衛がついてくるので面倒が起きることはないが、南堂や市場など、近所を出歩いていると無遠慮に声をかけられたり、不快な野次を飛ばされることがある。通りかかった役人がマリーを呼び止め、威圧的な態度と物言いで、どこから来たのか、名前や住居まで訊ねるのは、相手も仕事なので仕方のないことだと思うようにしている。滞留証である銅牌《どうはい》を見せて、王府の使用人であることを示すと、恐縮した相手が文字通り掌《てのひら》を返して丁寧な態度をとるのも慣れっこだ。

だから、目の前の見知らぬ老人が、自分を見かけてぶつかってきたと知れば、警戒するのは当然ではあった。

「いや、これは無礼を働いた。わしは号を簡斎《かんさい》という詩人だ。姑娘は慶貝勒《ベイレ》府の厨師であろう？　姑娘の話を聞きに、はるばる南京《ナンキン》からやってきた。貝勒府に伝手《つて》がなくて、うろうろと日を送っていたが——ありがたいことに姑娘の方から出てきてくれた」

「南京から？　ずいぶんと遠くから来たんですね。お疲れでしょう。どこにお泊まりですか」

永璘と澳門《マカオ》から北京へと移動する途中で、立ち寄った記憶がある。ちょうど、澳門と北京の中間地点であると説明もされた。北京と南京は、メートル法にして千キロメートルくらいの道のりであるとあとで知ったが、南京から北京まで一ヶ月はかかった。

そんな遠くまでマリーの評判は届いているのだろうか。わざわざ会いに来たと言われれば、無下《むげ》にもできない。

「北京に着いてからもう半月だ。旅の疲れはとれた。それより、慶貝勒府に案内してくれんか。知人の甥《おい》がそちらの王府の厨房で働いているはずなんだが、連絡がないと相談を受けてな」

マリーに会うために南京《ナンキン》から来たと言ったはずだが、話が違う。老人の発音は華南の訛《なま》りが強いので、聞き違えたのだろうか。

「知らないひとを勝手に王府に連れ込めません」

「連れ込みとはまた大胆な言葉を使う姑娘《クーニャン》だな」

箇斎が笑いだすので、マリーは間違った言葉を使ってしまったかと下唇《したくちびる》を噛《か》む。

「まず、その知人の甥御さんの名前はなんというんですか。貝勒《ベイレ》府にいるかどうかは、ここでお答えできます」

「おお、転んだせいで腰が痛む。ちょっとそこの茶楼で話さんかね。北京に来たら、ここの蛤蟆吐蜜《ハーマトウーミー》を食さねばならん。姑娘は食べたことがあるかね」

箇斎はマリーの質問には答えず、杖で近くの茶楼を指して、すたすたと歩き出す。

マリーは小杏とはぐれたことが気になったが、老人の言う『蜜を吐くガマガエル』なる食べ物が気になった。ガマガエルの料理とはぞっとしないが、蜜の味がするということは、甜心《てんしん》の一種なのだろう。

それに、清国では老人を邪険にしてはいけないと教えられている。

箇斎は茶楼の長椅子に腰を下ろし、茶と蛤蟆吐蜜《ハーマトウーミー》をふたり分注文し、マリーにも横に腰掛けるように行った。

「捜し人の名は陳大河《ちんたいが》という」

　マリーは首を横に振った。

「そういう名の厨師は慶貝勒府にいません。徒弟にも、いません」

「まだ、勤めてはおらんかもしれん。皇十七子の王府に新しい厨房ができるので、漢人の厨師を募集しているという話を聞きつけた陳は、家を飛び出すようにして上京してしまったらしい」

「漢席膳房はまだ普請《ふしん》が始まったばかりで、厨師の選考はもう少し先です。受付はしているようですから、上司に訊いてみることはできます。その陳さんの来歴と、おじいさんの身元がわかるものをお持ちですか」

　簡斎は袖から丸めた紙を抜き出し、広げて見せた。

「陳、大、河」と、こういう字を書くのかと、マリーは口の中で尋《たず》ね人の名を復唱した。なんとなく耳にしたことがあるような気もするが、思い出せない。他の細々とした文字の羅列《られつ》は、出身地や生年月日、両親の来歴、それから厨師としての履歴《りれき》らしい。

「王府に応募するような厨師にしては、ずいぶんと若いですし、経験も少ないですね」

「おととしあたり、厨師に昇格したと聞いている。なんでも、慶貝勒殿下が南京を訪れた際、料理をお出しして褒められたのだそうだ。漢席の厨師を雇うときは、陳を呼び寄せようというお言葉を賜ったと、ずいぶんと自慢していた」

「大河さん！」

マリーは急に声を上げた。

「北京に来ているんですか」

顔は忘れたが――当時のマリーには、漢人の若者はみな同じ顔に見えていた――陳大河《か》の作った蓮根餅《れんこんもち》の味と食感が珍しく、マリーはその甘さと香りの正体を見極めようとお代わりをした。それを永璘が喜んで厨師の名を訊ねさせ、褒美の言葉と銀子《ぎんす》を授けたのだ。

「あら」

永璘が陳大河を覚えているかどうかはわからない。責任を感じたマリーは、その書き付けを預かってもいいかと簡斎に訊ねた。

「上司に見せれば、応募してきたかどうかはすぐにわかります。おじいさんの宿を教えてくれれば、明日の夕方にでも陳さんの消息についてお知らせします」

簡斎は杖を握った両手に顎を乗せて、「よろしく頼むよ」と言った。

「では次の用件だ」

老人は皺《しわ》の奥の目を細めて、マリーの顔を見る。

「陳は面白いことを話していた。慶貝勒《ベイレ》殿下が南行に連れていた女人は、側女《そばめ》ではなく欧州から連れてきた糕點《ガオディアンチューシー》厨師であったと。殿下は江南の料理はもちろん、西洋の料理や甜心も未知の味を試されることに躊躇《ちゆうちよ》されないと、陳は感激していた」

側女とは自分のことかとマリーは思った。ほとんどの人間は、永璘のそばに控《ひか》えていた西洋人のような顔立ちの女を、そう受け取っていたのだろう。珍しいものや永璘が美味《うま》いと感じた料理を、手ずからマリーの皿によそって食べさせていたのも、誤解を生んだことだろう。

マリーは目を閉じて天を仰いだ。

老人はマリーの反応に頓着《とんちゃく》せず、機嫌良くおしゃべりを続ける。

「わしは、食い道楽なたちでな。かつて赴任《ふにん》した土地や、招待された家で出された美味珍味や作り方を、すべて書き残している。西洋の菓子だの料理だのが清国で味わえるとなれば、これは試さねばならんと、陳の話を聞いてからずっと考えていた。が、北京は遠い。わしも寄る年波で、腰が重い。決意を先送りにしていたときに、陳が出奔《しゅっぽん》して両親に泣きつかれ、これは北京へ行けという天命であると思った次第だ」

そこで、最初に言った、「マリーの話を聞くために上京した」と言った簡斎の言葉もまた、本当であったと知る。

「が、わしが官職についていたのは四十年近くも昔のことだ。それも地方官まわりばかりであったので、北京に知人はいても、王府に通じるやんごとなきあたりの縁故はそうそうない。どうしたものかと思い、貝勒府の近くに宿を取って旅の疲れを休めていたところ、姑娘《クーニャン》が通りかかったというわけだ」

「それは、運がよかったですね」

見れば七十を超えた清国の老人が、西洋の菓子を美味いと感じるだろうかと、六十歳にしてバター風味やクリームの濃厚な味を受け付けなくなったという潁妃《えいひ》を思い浮かべる。

満洲族の潁妃《えいひ》は、もともとは酪乳《らくにゆう》を使った菓子や料理を好んでいたのに、年を重ねるにつれて欲しいと思わなくなったという。アミヨーや老齢の神父らが、慣れ親しんだフランスの菓子を懐かしく思って喜ぶのとは、また事情が違う。

「フランスの菓子は、甘いのとか、こってりした菓子が多いですが、大丈夫ですか」

簡斎は杖の頭で、マリーの肘を突いた。

「ひとを年寄り扱いするでない。食は生きる意欲の根源である」

簡斎が断言したところへ、頼んでおいた『蜜を吐くガマガエル』がふたりの前に置かれた。白いパンの片側が開いて、小豆《あずき》の餡《あん》がはみ出している。周りにはびっしりと白ごまがふられ、これをもってガマガエルの背中のイボに見立てて、がまが口を開いて餡を吐き出している形状に因《ちな》んだ名であるらしい。

手に取ってみると、開いた部分は切り開いて餡を詰めたのではなく、焼いている間に膨れ上がった生地が、同じく膨張《ぼうちよう》する餡に押されて自然にぱっくりと開いたという焼き上がりだ。

「熱いうちに食べなさい」

簡斎に勧められても、マリーは餡から立ち上る香りを鼻腔いっぱいに溜《た》めて、その正体を探る。食欲をそそるごま油、爽やかな金木犀《きんもくせい》と、砂糖の甘い香り。そして、上面だけではなくパンの側面にも、これでもかとぎっしりとまぶしつけられた胡麻《ごま》は、持ち上げてもぽろぽろと落ちることなく、ガマガエルのイボのようにしっかりと張り付いている。

食べる前に写生したいとマリーは思った。帰ってから描けるように、蜜を吐いて笑うがま口を、じっくりと検分する。

「餡は嫌いかね」

「いえ、いただきます」

マリーはにらみ合った蛤蟆《がま》の口よりもさらに大きく口を開けて、がぶりとかぶりついた。

食感はむしろ西洋のパンに似ている。しっかりと捏《こ》ね上げ、油を練り込み、時間をかけて発酵させ、さらに練り上げてから餡を包み、焼き上げる。焼き色のついていない白いパンのさっくりとした皮と、ふんわりとした空気の層は、蒸籠《せいろ》で蒸したのではなく窯《かま》で焼き上げたものだ。パンは白いままなのに、餡のはみ出した部分の焦げた風味が濃厚さを添えて、西洋のパンに近い食感の皮との相性が最高にいい。

マリーは咀嚼《そしゃく》して呑み込み、思わず立ち上がった。

「清国にもこんなパンがあったなんて！」

叫びながら、店の奥へ駆け込もうとする。

「窯を見せてください！」

いきなり厨房へ押し入ろうとする異相の若い娘に、茶楼の給仕が驚いて助けを呼ぶ。

茶楼の主人が出てきてマリーと押し問答になり、中から厨師まで出てきた。

「この蛤蟆パン、どうやって作るんですか⁉」

マリーの勢いに、茶楼の面々が啞然としているところへ、簡斎が割って入った。

「すまん。わしの連れだよ。こちらの姑娘《クーニャン》は糕點《ガオディアン》廚師《チューシー》の見習いで、この店の蛤蟆吐蜜《ハーマトウーミー》がめっぽう気に入ったらしい」

「随園《ずいえん》老人のお連れ様ですか。そういうことなら厨房をお見せしてもいいですが、いまはちょっと忙しいです」

茶楼の主人が店へと身振りすると、確かに点心を待つ客が少ない席を満たし、外にも並んでいる。マリーは急に恥ずかしくなった。

「ごめんなさい。この焼餅《シャオビン》があんまりおいしかったものですから」

「褒めてもらえるのは嬉しいことです。お土産《みやげ》にいくつか持って帰られますか」

マリーは懐《ふところ》の財布をひっくり返した。何個買えるかわからないが、全部差し出す。

「しばらくお待ちください」

そう言って、店主は厨房へと引っ込んだ。

持ち帰りの蛤蟆吐蜜《ハーマトウーミー》ができあがるのを待つ間、マリーは筆記具と手帳を出して、簡斎の滞在先を書き留めた。

「その筆は、どういうものだね」

細い木の棒の先から、紙の上に糸のような線が浮かび上がり、文字を形作っていく。

「鉛筆という絵を描くための筆記具です。黒鉛を細く伸ばしたのを、木の棒で挟み込んでくっつけてあります。書き損じたらパンや特殊なゴムでこすると消すことができて、何度でも書き直せるのですが、あまりやると紙が汚れてしまいます」

「ほう」

簡斎は感心してマリーの手元をのぞき込む。マリーが漢字とアルファベット交じりの文を書くのを不思議そうに眺める。

「知らない漢字は、あとでひとに訊いたり、辞書で調べられるように、フランスのアルファベットで音写しておくんです」

「ほほう」

いっそう感心したようすで、簡斎は何度もうなずく。

「勉強熱心なおなごだな。感心、感心」

「そういえば、さっきの茶楼のご主人、簡斎さんをなんてお呼びしていました？」

「わしのもうひとつの号だよ。住んでいる場所に因《ちな》んで、『随園老人』とも呼ばれている。詩論や料理の食単《しょくたん》の著書に『随園』を冠しているせいか、そちらの号の方が知られているようだ」

「書籍も出しているんですか。料理の本なら読んでみたいです」

もしかしたら有名人なのかしら、とマリーは思った。詩の本を書くのなら、アミヨーと話が合うかも知れない。

「あとで貝勒府《ベイレ》に送らせよう」

「ありがとうございます。ちゃんと買いますから」

マリーは礼を言うと、簡斎と別れた。小杏を見つけ出すのはあきらめて貝勒府に帰ると、小杏はすでに下女部屋でくつろいでいた。

「瑪麗《マリー》、どこにもいないんだもの。先に帰ってしまったのかと思った」

「ごめん、変な人に捕まって、お茶の相手をさせられた」

マリーは常服に着替えると蛤蟆吐蜜《ハーマトウーミー》を持って膳房に行く。高厨師の手が空いているときを狙って、陳大河という厨師が求職の問い合わせをしているかと訊ねた。

高厨師はむっちりとした指で耳を引っ張りながら、面倒くさそうに答える。

「いるかもしれんが、まだ志願者の来歴書を全部見てない」

「確かめた方がいいかもしれません。もしかしたら、澳門《マカオ》から北京への途中で、老爺《ラオイエ》が招《しょう》聘《へい》を約束した漢席の厨師かもしれませんから」

「なんだと。その厨師、いまはどこにいるんだ？」

高厨師は慌て気味に訊ねる。

「それが、行方《ゆくえ》がわからないとか。慶貝勒《ベイレ》府の膳房に応募すると言い残して出て行ったそうなので、私が王府の使用人だと知っているおじいさんに訊ねられたんです。そのおじいさん、身内の方の代理で南京から北京までやってきたそうですよ」

「そりゃまた」

高厨師は厨房を出て行き、事務所から求職票の束を抱えて戻ってきた。

「二ヶ月も前に申込みの書簡が届いているが、本人が来たようすはないな。だいたい、王府に勤めるには地位のある推薦者《すいせんしゃ》を立てないと選考までいかない。紹介状もなしには、門に足を踏み入れることもできないもんだ。とっかかりがなくて、あきらめて南京へ帰ったんじゃないかな」

世間知らずの若者の無謀《むぼう》な挑戦に、高厨師はあきれた口調になる。

「そのじいさんには気の毒だが、陳某《なにがし》とやらとはすれ違ったようだな」

いまこの空の下のどこかで失意に沈んでいるであろう陳大河を思って、マリーの気持ちも沈む。自分が蓮根餅をお代わりしたばかりに、人生を狂わされた人間がいると思うと、いたたまれない。清国はひとつの国だが、それぞれの地方は言葉も文化も固有の隔《へだ》たりがある。南京から北京へと移動するのは、フランスからイギリスへ渡るくらい、覚悟のいる旅であったろうに。かつて北京で官人をしていたという簡斎の言葉でさえ、訛りが強くて聞き取るのが大変だった。

――そういえば、茶楼の給仕さんやご主人とは、はじめは話が通じなかった。私の北京語も、フランス語訛りで聞き取りにくいんだろうなぁ。陳さん、北京でいやな思いをしていなかったらいいな。

「ところで、瑪麗はさっきから何を抱え込んでいるんだ？」

高厨師が不思議そうな顔をして訊ねる。

「小豆あんのいい匂いがしてます」

雑用に余念のなさそうなふりをしていた李二が、横から口を挟む。

「これ、そのおじいさんがおいしいから、って勧められて、食べたら本当においしかったからみんなで食べようと思って買ってきました。名前が難しくて、覚えられなかったんですけど」

などと説明しながら、マリーは蛤蟆吐蜜《ハーマトウーミー》を手近な器に盛って差し出した。

「豆餡児焼餅《ドウシアルシヤオビン》だ！」

李二が『餡子《あんこ》入りの焼餅』と叫んで嬉しそうな声を上げる。近くで作業しつつ、成り行きを聞いていた王第二厨師が、ふんと鼻を鳴らした。

「これはまた、田舎者が好みそうな下品なものを王府に持ち込んだものだな。いかにも下《げ》衆《す》な連中が喜びそうな点心だ」

王厨師の悪意のこもった批評に、李二が居心地悪そうに唇をすぼめた。

「この焼餅の皮、石窯でないと仕上がらない食感なんです。清国でも窯を使ったパンを焼いていたなんて知らなかったので、厨房を見せてもらいたかったんですけど、忙しいところを邪魔してしまって――」

マリーに勧められて、最初に蛤蟆吐蜜にかぶりついた李二は、微妙な表情になった。李二なら無条件で喜びそうだと思ったマリーは、蛤蟆吐蜜を手に取ってひと口齧《かじ》る。

そのときには試食した高厨師も王厨師も、曖昧な表情で蛤蟆吐蜜を皿に戻す。

「味も下品だ。こんなのを好む南京の厨師など、王府にふさわしくない」

王厨師の傲慢《ごうまん》な判定に、マリーは肩をすくめる。

「あの、お店で食べたときは、すごくおいしく感じたんですけど」

マリーはしどろもどろになって言い訳する。いま食べると、濃厚な餡も、さっくりしていた皮も湿ってしまって、甘過ぎるしつこいだけの餡入り焼餅だ。

「ガキどもを連れて、城下でこの餡入り焼餅を食べたことはある。そのときは美味《うま》いもんだと思った。こういうのはたぶん、焼きたてを食べるもんじゃないのか。冷めてしまったら、皮は湿気《しけ》って歯ごたえがなくなり、皮の油分と餡の濃厚な風味付けも、くどくなっちまう」

落ち込むマリーを庇《かば》うように、高厨師が王厨師をなだめる。

「そう、そうなんです！」

マリーは泣きそうになって、高厨師に同意した。李二が思いあまって口を出す。

「おれの母ちゃん、豆餡児焼餅を買って帰った日は、竈《かまど》の中に突っ込んで炙《あぶ》ってから俺たちに食わせてくれました。そうすると皮とはみ出した餡が香ばしくなるって」

「そうしてみるか」

高厨師が李二の意見を受け入れて、マリーと李二は食べかけの蛤蟆吐蜜《ハーマトウーミー》を竈の残り火で炙ってから、もう一度口にした。茶楼で食べたときほどではなかったが、皮の食感も餡の風味も美味いと感じる程度にはなった。

「城下でないと味わえないものもある。庶民の味も、時と場合では美味いと感じることもあるもんだ。膳房で再現できりゃ、たいしたものだ」

高厨師は、皮の部分の生地が、王府で作られているやり方と違うことを悟《さと》って、誰にともなく言った。マリーはそのことがとても嬉しい。この、イーストを使わない清国で、どこか西洋のパンを思い出させる蛤蟆吐蜜《ハーマトゥーミー》を再現するのが、マリーの次の挑戦だと言ってくれたようで。

王厨師は大いに不服そうであったが、上司の高厨師に反論は許されない。どうにか険悪にならずに場をおさめた高厨師に、マリーは清国に来てからもう何千回目かの感謝をした。

菓子職人の見習いと、慶貝勒府《ベイレ》の客人

翌日、仕事を終えたマリーは、箇斎《かんさい》の宿を訪ねるために着替えた。使用人の出入りする東門から出かけようとしたところを、高厨師に呼び止められる。

「おれもその箇斎というじいさんに用がある。老爺《ラオイエ》に陳大河《ちんたいが》についてお訊ねしたところ、確かに北京に来たら雇ってやると口約束をされたそうだ。反故《ほご》にされたと陳が思っていたら、手続き上のあやまちだったと伝えるように命じられた。老爺直筆の推薦状も用意したから、本人に北京に戻る気があったら、まっすぐ慶貝勒府に来るようにとな。マリーにことづけてもいいが、頭の固いじいさんでは信じてもらえんだろうから、いっしょに行けと

のご命令だ」

「それは助かります。門前払い以前の取り扱いだったなんて、どう説明していいか悩んでいたところでした」

マリーはほっと胸を撫で下ろした。並んで東門を出て、箇斎が逗留《とうりゅう》しているという宿へと向かう。

「それで、他人の甥っ子のために、七十を超えた年寄りがひとりで南京から北京へ旅をしたのか」

「ひとり旅かどうかは知りませんが。昨日はお連れの方は見ませんでした」

「まあ、ふつうの庶民は勤めやら商売やらで忙しいからな。代々厨師やってる家じゃ、若いときに修業に出ることはあっても、いちど店を持ったらまず土地から離れることはない。ひと月やふた月も家を離れて旅ができるのは、隠居した年寄りくらいなものだ。そのじいさんが若いときは宮仕えだったってんなら、北京で顔の利く縁故もあるだろうと頼りにされたんだろう」

「そういう事情ですか。なんでも、大変な食い道楽を自称していて、食に関する本も出されているそうです。それで、私が西洋の糕點師《ガオディアンシー》だとその陳さんから聞いて、西洋の菓子を試す機会だと思われたようで、この役を買って出られたそうです」

「それはまた奇矯《ききょう》というか、奇特なじいさんだな。箇斎、とか言ったな。官僚崩れの道楽文士ってやつか」

「簡斎は号だそうです。本名は、名刺をもらったけど読めなくて。あと、もうひとつ号があるそうです」

マリーは袖の物入れに手を入れて、簡斎の名刺を探す。

「茶楼のご主人とも知り合いみたいでした。ご主人は簡斎さんをもうひとつの『随園《ずいえん》老人』って号で呼んでました」

「随園老人だぁ？」

高厨師は喜劇役者のようにぴょんと一歩下がり、丸い顔を提灯《ちょうちん》のように赤く染めて叫んだ。マリーはびっくりして肩をすくめる。

「南京の、随園の、随園老人か⁉」

「その、ようですけど」

高厨師の異様な驚き方に怯《おび》えたマリーは、おずおずと袖から名刺をとりだした。

「これ」

受け取った名刺に随園老人の姓名を目にした高厨師は、道の真ん中でくるくると回り出した。

「『随園食単《しょくたん》』の袁枚《えんばい》先生じゃねぇか！　大変だ‼　王府に戻って、老爺《ラオイエ》にご報告せねば。膳房長にも知らせて、轎《かご》を用意して、ああ、どうして瑪麗《マリー》しかいないんだ！」

「高厨師、落ち着いてください。どうしたんですか。王府に引き返すならそうしましょう。まだ日は高いですから、燕児さんにでも用を言いつけたらどうですか」

上司の慌てぶりに圧倒されたマリーは、自分の三倍は大きな高厨師をなだめようとした。興奮が収まってきた高厨師は、マリーを見下ろして嘆息した。

「まったく、おまえさんはとんだ大物を釣《つ》ってきたな。とりあえず、袁枚先生を訪問して、陳青年のことはおれが詫びる。先生が西洋の菓子を試食したければ、王府に滞在していただかねばならん。その采配《さいはい》はおれがやる」

「そんな有名人なんですか、簡斎のおじいさん」

「そっちの号は知らなかったが、袁枚先生といえば、厨師と食通の間では信望者の数が半《はん》端《ぱ》じゃねぇ。本業は詩人で、先生の詩に入れ込む読者や、先生に詩を習った門下生は清国じゅうにいる。婦女子も弟子に迎えて詩を教えるってんで、権威あるところからは礼を乱す放蕩者《ほうとうもの》って批判されているが――まあ、そんな人物だからこそ、七十を過ぎても西洋の菓子を食べてみようと、はるばる南京から出てくる元気があるんだろう」

あの飄々《ひょうひょう》とした老人がとても著名な人物であったことに、マリーは舌を巻いた。そんなすごい有名人《セレブリティ》をうっかり蹴飛ばしてしまったなんて、とても上司には言えない。

マリーの案内で袁枚の滞在先を訪ねた高厨師は、王府ではあまり見ない、胸の高さで両手を握って上体を軽く前に倒す、揖礼《ゆうれい》という漢族の挨拶で敬意を表した。

陳青年の件について謝罪し、漢席の厨房は初冬には落成するであろうこと、新しい厨師の選考はしばらく先になることを説明して、永璘の推薦状を陳青年に届けてくれるようにと預けた。そこで、西洋の菓子を試食したいという袁枚の希望については、主の承諾《しょうだく》を得て王府に招待したいと話し、手はずの整うまで数日待ってもらいたいと申し出る。

袁枚は鷹揚《おうよう》に構えて、高厨師の厚意に礼を言った。

「慶貝勒《ベイレ》殿下は、尊貴なご身分であり、お忙しいお方でおいでだ。わしのような道楽者の老人のために煩《わずら》わせるのも心苦しいのだが、西洋の甜心なるもの、試してみずに残り少ない生涯を後悔したくないと思って上京した。お気遣い、感謝する」

「お部屋の段取りができしだい、こちらに轎《かご》を手配します」

高厨師が永璘と李《り》膳房長以外の人間に、ここまで丁寧に接するところを見るのは、初めてではないかとマリーは思った。

「おお、そうじゃ。そちらの姑娘《クーニャン》に渡す物があった」

早々に立ち去ろうとする高厨師とマリーを引き留め、袁枚は紙も装幀《そうてい》も新しい一冊の本を差し出した。

「ありがとうございます。あの――」

前日に買えるだけの蛤蟆吐蜜《ハーマトウーミー》に小遣いを使い果たしたので、次の給料日までマリーの懐には一銭もない。

「気にせんでいい。未定稿の試し刷りだ」

「点心の食単もありますか」

「あるに決まっている」

ありがたく受け取ったマリーは、書籍を胸に抱いた。

袁枚の滞在先を辞して、いくらも進まないうちに、高厨師が猫撫《ねこな》で声で話しかける。

「瑪麗《マリー》、その本ちょっと見せろ」

「え、こんな日暮れ時の、しかも往来《おうらい》の真ん中でだめですよ。転んだり落としたりしたら汚れるじゃないですか。高厨師はご自分のお持ちじゃないんですか」

渡したら最後、返ってこないという気がして、マリーは抵抗した。

「持ってるわけねぇだろ。未定稿の写本が好事家《こうずか》の間で出回っているだけで、本物の『随園食単』にはなかなかお目にかかれねぇんだ。そいつは幻《まぼろし》と言われた、原本の写本の一冊だ」

「簡斎さんは王府に滞在なさるんですから、あとでいくらでも取り寄せてもらえますよ。未定稿ってことは、まだ加筆するってことですよね。もう少し待てば完璧な初版本が手に入ります」

高厨師は未練がましい目つきでマリーを見下ろしたが、マリーが本をしっかりと胸に抱え込んでいるので、手を出しようもなく黙った。それから高厨師は自宅へ帰らず、マリーと王府に戻って永璘に面会を申し込む。

「こんな時間にですか」

マリーは驚いた。秋の日は落ちるのも早く、すでに日没だ。就寝前に私室でくつろいでいるであろう永璘の邪魔をしてしまうのではないか。

「皇上がまもなく還御《かんぎょ》されるので、老爺《ラオイエ》はお忙しい。王府におられる時間に、必要な手配の許可を求めておかないと、あとで大変だ」

高厨師はそう言うと、マリーを連れて正房《おもや》へと上がる。

高厨師から話を聞いた永璘は、驚きと期待を顔に浮かべた。

「袁枚をこの王府に滞在させたい？　むしろ願ってもないことだ」

永璘は近侍の太監を呼びつけ、前院の東廂房《わきのや》を大至急整えるように命じた。そして、別の太監にはすぐに轎《かご》を出して、袁枚を迎えに行くようにとも命じた。

「そうか、袁枚が北京に来ているのか。それも、マリーの菓子を所望して？」

こんな時間に迎えを出しても、すでに床《とこ》に入る準備をしているところを拉致《らち》するようなものだ。それは清国的な作法としてどうなのか、とマリーは目を丸くした。その驚きを見て取って、永璘はにやりと笑った。

「明朝では、すでに他所《よそ》の王府か富豪に連れ去られているかもしれん。袁枚がマリーの菓子目当てに来たのが来京の目的ならば、我が王府に丁重にお迎えするのが、筋というものだ」

ひとりの老人の争奪戦を思って、マリーは嘆息する。そんなマリーに、永璘は袁枚の為人《ひととなり》を詳しく訊ねた。マリーは、袁枚を蹴飛ばしてしまったことは省《はぶ》いて、そのときの状況を詳しく話した。

「噂《うわさ》に違わぬ風狂ぶりだな。袁枚は『王府に通じる身分の連中とは縁故がない』と言ったのか！　なんの冗談だ」

永璘は膝を叩いて哄笑した。

「袁枚が伝手を求めてきたら、北京のどの王府でも門を開かぬということはない。食えぬ老人という話は聞いていたが、何を企《たくら》んでいるのやら」

「なんだか、すごく有名な方なのですね」

マリーは永璘の話す袁枚像に、いっそう驚く。

「もちろん、袁枚の作風を嫌い、奔放《ほんぽう》な暮らしぶりを破廉恥《はれんち》と非難する連中も少なくない。しかし、袁枚は鉄帽子《てつぼうし》筆頭の礼《れい》親王や、軍機大臣の和珅《ヘシエン》とその弟とも親交がある。かれの詩文が北京の文人らの人気を博している間は、敢《あ》えて袁枚を貶《おとし》めようという輩《やから》はいるまい」

軍機大臣の和珅とは、マリーの作法の師であり、そして洋菓子の弟子《でし》でもある和孝《わこう》公主の舅《しゅうと》にあたる朝廷の重臣だ。清国では皇帝の次に権力を誇るという重要人物が、袁枚の著作の熱烈な崇拝者《すうはいしゃ》であると知って、もう驚くことは何もなくなってしまった気がマリーにはした。

「漢席の膳房ができるまで、袁枚を引き留めておかねばならないな」

正房に残った太監を呼び寄せ、永璘は客を迎えるための着替えを命じる。

袁枚は、一国の皇子が着替えて出迎えるほどの、正真正銘の有名人らしい。

永璘は、啞然とするマリーに微笑みかけて付け加えた。

「当代一の食通に目をつけられるとは、マリーの名が中華に広まる機会だ。励めよ」

翌朝出勤して事後報告を受けた李《り》膳房長の反応は、永璘の落ち着いたそれとは対照的であった。昨日の高厨師のように興奮して膳房をうろうろと歩き回る。こういうのを『右往左往』というのだろうな、とマリーは少し前に学んだ漢語を思い浮かべる。厨師たちも似たようなもので、かの随園老人に何を作って出せばいいのかと、戦々恐々としている。

　朝食の準備が終わると、高厨師はマリーに洋菓子を作るように指図した。王府に落ち着いた袁枚に出すためだ。

　袁枚と出会ったのがおとといの昼で、その正体が判明し確認できたのが昨日の夕方、そして王府に迎えたのが昨夜遅くなってからだ。文字通り昨日の今日で、急に言われても材料の手配などしていない。最近は絵の修練に励むことを永璘に許されていたこともあり、洋菓子に必要な材料の注文は控えていた。困ったなとマリーは思った。

　杏花庵へ行く途中で、前院の厨房へ顔を出した。そして燕児と李三に、袁枚に関する成り行きを話して聞かせた。

「もうね。膳房の空気がビリビリしてしまって。誰かがお玉を落としただけで、みんな飛び上がってるの」

「そりゃ、あの随園老人の判定を受けると思えば、だれだってビクビクする」

燕児は、厨房とは塀を一枚隔てた東廂房《わきのや》へと意味深な視線を送り、訳知り顔でうなずく。

李三も首を前後に振っているところを見ると、燕児と同意見らしい。

「李三も随園老人を知っているのね」

「知らないけど、名前は知っている。一般的に『美味いものは南から来る』っていうくらいだから、北京の料理人は、舌の肥《こ》えた随園老人が満足できる料理を出せるか、正直なところ自信はないんじゃないか。王府に招待した高厨師は勇気があるよ」

李三のあとを、燕児が引き継ぐ。

「宮廷料理といっても、北京や山東《さんとう》の料理は浙江《せっこう》とか江南の料理に比べたら、いまひとつなところはある。そうでなきゃ、先々帝や皇上が南巡を繰り返されるわけがないからな」

康熙《こうき》帝と乾隆帝は、その治世中に船を仕立てて運河を下り、何度も江南を訪れた。行政の視察を目的とした行幸《ぎょうこう》とはいうものの、南方の料理を楽しみにしていたのは明白だと燕児は語った。最初の南巡で江南の味に魅了された康熙帝は、料理人たちを宮廷に連れ帰ろうと考えたが、宮廷の料理人の猛烈な反対を受けて断念しなくてはならなかったという。

「宮廷の料理人は、前の王朝の宮廷厨師をそのまま引き継いでいる。かれらは山東とか華北の出身だから、江南の料理は作れない。もし皇帝が江南の料理ばかりをお好みになったら、自分たちが失業するかもしれないから、そりゃ強硬《きょうこう》に反対するだろう」

へぇ～、とマリーは思った。皇帝といえども、胃袋を人質に取られたら弱いのか。

「大清帝国の皇帝でも、お抱えの料理人には逆らえないの？」

不遜《ふそん》で不敬な質問に、燕児と李二は思わずあたりを見回す。

「皇上の話をするときは、声を潜《ひそ》めろよ」

燕児の方からきりだした話ではないかと思ったが、マリーは首をすくめてうなずいた。

燕児は話を続ける。

「そのへんはどうかわからないけど、漢席の厨師を宮廷に取り込むのに、康熙帝の御代から現在まで、それこそ三世代もかかっている。皇上は漢族と満族の融和を、料理で実現できないかってお考えだったらしいけど、こういうのは古参側の地位と利権がかかっているから、旧体制を変えて新しい風を取り込んでいくことは難しい。この王府も、漢席の膳房ができて江南の厨師が入ってきたら、漢人と古参の厨師たちとの間に摩擦《まさつ》がおきるかもしれない。だから、中華全土に信望者のいる随園老人にいてもらったら、やりやすいかもしれないと高厨師は考えたのかもな」

マリーは首をかしげる。

「でも、王府の使用人だって、半分以上は漢人でしょ？　李三は漢人じゃないの？」

「漢人でも、旗人だ」

李三は少しむっとした口調で言い返した。燕児が補足する。

「華北の漢人と江南の漢人は同じじゃない。八旗に属する漢人は、清国が後金《こうきん》と呼ばれていたころから黄河《こうが》や長城《ちょうじょう》の北に住んで、明《みん》が滅ぶ前には清に服属していた漢族だからな。北と南じゃ、感情的にもいろいろあるんだよ」

いろいろ気を遣うことがありすぎて、マリーはだんだんと頭が痛くなってきた。

「瑪麗《マリー》は面倒くさいことは気にせず、たくさん洋菓子を作って、できるだけ長く随園老人を引き留めておけよ」

燕児は歯を見せてにっと笑った。


昨夜遅く、随園老人こと袁枚《えんばい》は、弟子と下男をひとりずつ連れて、慶貝勒《ベイレ》府へと移ってきた。

永璘は敷地内の正門である垂花門《すいかもん》まで袁枚を迎え出て、自ら前院の東廂房《わきのや》へ案内したという。そして、朝には膳房へと足を運び、袁枚に出す料理について直接指示を出した。ただ、洋菓子に関しては、一切をマリーの采配に任せて登城してしまった。

とはいえ、マリーは七十を超えた老人に、何を出したものか悩むばかりだ。好みがわからないし、とりあえず豪華なガトーか珍しい材料で驚かそうにも、イギリス商人を通さないと入手の難しい材料や香辛料は、和孝公主が熱河から帰ってくるまでは手配できない。

潁妃《えいひ》は六十でもう歯が弱っていて、固い菓子は無理であったことを考え、マリーは成親《せい》王永瑆《えいせい》にも好評であったビスキュイ・ア・ラ・キュイエールと、賄《まかな》いで人気のあるベノワルを揚げようと決めた。見慣れない洋菓子には手を出さない王府の人々も、ベノワルは喜んで食べてくれる。ライムの代わりに文旦《ぶんたん》を砂糖漬けにしたものを使ったのが、最近では王府の定番になっている。

石窯と竈には、先に来ていた黄丹《こうたん》が火を入れて、お湯を沸かしていた。黄丹は調理の手伝いはしないが、薪運びや水運びだけではなく、片付けや洗い物までやってくれる。とはいえ、黄丹が一番得意とするのはお茶を淹《い》れることだ。読み書きができず、目録の整理ができないために茶師にはなれないということだが、永璘が好むお茶の種類と、それぞれの淹れ方は完璧に習得している。

ビスキュイを焼き上げて冷ましている間に、水とバターを鍋に入れて火にかける。文旦の砂糖漬けとひとつまみの塩、そして刻んだバターが溶けたら火から下ろす。篩《ふる》っておいた小麦粉を一度に加えてよく混ぜ、鍋を火にかけ戻しては水分がなくなるまでかき混ぜる。生地がなめらかになったら、火から下ろし、卵をひとつずつ加えて混ぜ、生地をまとめてゆく。

揚げ油はピーナッツ油が好ましいが、手元にないのでみんなの好きなごま油で代用だ。熱した油に、ひと匙《さじ》ずつまあるくなるように生地をスプーンで落とす。浮いてくるのをひっくり返しては、きつね色になったら鍋からすくい上げる。

油を切り、器に並べたベノワルにザラメ糖をまぶし、薔薇水《ばらすい》を添える。

別の皿にビスキュイ・ア・ラ・キュイエールを並べて、粉砂糖を振りかけ、マリーは提《おか》盒《もち》に入れた。お茶の用意をすませた黄丹と、前院へと急ぐ。

「こんにちは、随園先生。お茶と甜心をお持ちしました」

「どうぞ、お入りください」

挨拶の声をかけると、品のいい青年の声とともに、扉が開かれた。出てきたのは二十代も終わりであろうか。ひげの剃り跡が涼しげで、容姿の整った知的な笑顔の青年であった。上質の麻の涼しげな長袍《チャンパオ》をまとっている。質素ではあるが身なりの整ったところ見ると、下男ではなく、詩文のお弟子さんとやらであろう。マリーに会釈すると、「呉斤《ごきん》といいます。尹丞《いんじょう》とお呼びください」と姓名と字《あざな》を名乗り、中へ通してくれる。

膳房の施工中に、嫡福晋《ちゃくふくしん》の鈕祜祿《ニオフル》氏が仮住まいしていた廂房《わきのや》であるが、いまは必要な家具だけが置かれている。むしろすっきりとして風通しがよい。

「おお、姑娘《クーニャン》が自分で運んでくれたのか。ありがたい」

袁枚は相好《そうごう》を崩して食卓へについた。

「お茶の好みがわかりませんでしたので、清国のお茶もそろえてきましたが、もし西洋のお茶をお試しになりたければ、紅茶を用意します」

「もちろん、西洋の菓子は西洋のお茶でいただくべきではないかね」

袁枚は即答した。

ビスキュイ・ア・ラ・キュイエールの、さくりとした歯ごたえと、舌の上でほろほろと崩れては、儚《はかな》く喉へ下りていく甘さに袁枚は感嘆の声を上げた。

「この、雲のような歯ごたえと舌触りは、いったいどのようにして出すのかね」

「卵白を攪拌《かくはん》して、もったりと角が立つまで泡立てて、メレンゲにして少量の小麦粉と砂糖を混ぜ、高温の石窯で一気に焼き上げるのです」

「なるほど、食材も作り方も、存外と単純であるのだな。うむ、調理法も組み合わせも簡潔であるほど、食材の持つ妙味を引き出せるものだ。甜心《てんしん》もかくあるべきだ」

袁枚は感心して何度もうなずいた。弟子の尹丞《いんじょう》にも勧めて、食べさせる。尹丞も、初めて体験する食感と、儚い甘みに感心してうなずく。

「嫡福晋さまには、雲彩蛋餅乾《ユンサイダンビーガン》という漢名をつけていただきました」

マリーは少し得意になって付け加えた。詩人として高名な袁枚に、鈕祜祿《ニオフル》氏の詩的で繊細な感覚を知って欲しかった。

袁枚は紅茶の鮮やかな色と香りを楽しんでから、ベノワルに手を伸ばす。口の前に持ってきた袁枚は、なんとも言えない顔つきになった。口の両端を下げ、気難しげにまじまじとベノワルを眺め回す。マリーは心臓がどきどきしてきた。

ぱくりとベノワルを口に入れた袁枚は、もぐもぐと咀嚼して呑み下し、紅茶に手を伸ばす。紅茶を口にまで運んだ袁枚は、眉をしかめた。

カップを置いて、ベノワルの皿を押しやる。

「なるほど、この揚げ饅頭の味そのものは悪くない。だが、わざわざ南京から足を運んで食べるほどのものではないな。果物を練り込んで油で揚げた小麦粉の餅菓子なぞ、この国には千年前からある」

失望のため息とともに、ひどく不機嫌になって怒りだした。

「しかも、ごま油は西洋茶の香りとは合わん」

マリーは失敗を悟って、焦り出す。確かに、ごま油も紅茶も互いに打ち消し合うほどに香りが強い。

「す、すみません」

「それとも、田舎者の年寄りには、西洋の味などわからぬと付度《そんたく》して、中華風に味付けしたわけかね。そうだとすると、どっちつかずの半端なものを出されたことになる」

マリーは耳までカッと熱が上がってくるのを感じた。ミルク色の肌が、羞恥《しゅうち》で赤く染まる。材料が手に入らなかったり、王府の清国人の口に合わなかったりした菓子を、中華風にアレンジしてきたことは事実で、ベノワルにしても中華の甜心とどう違うのかと聞かれれば、返事に困ってしまう代物だった。

袁枚はなおも腹に据えかねるように言いつのった。

「西洋の甜心とはいかなるものかと期待しておったが、なんの妙味も驚きもない」

――だって、ライムもラム酒も、ピーナッツ油もないのだもの。

マリーは涙が出そうになるのをこらえた。言い訳はしたくなかった。

謝罪してその場を下がったマリーだが、やはり材料や準備の不足は言うべきだったかとあとで頭を抱えた。料理に造詣《ぞうけい》の深い袁枚ならば、ちゃんと理由を話せば理解してくれたかもしれない。いきなり失敗したことで、王府の体面まで傷つけたと思い、すっかり狼狽《ろうばい》してしまったのだ。

マリーはすぐに高厨師に報告して、自分の手落ちを詫びた。高厨師は点心局を王厨師に預けて、大急ぎで前院にかけつけ、東廂房《わきのや》へ上がった。

「随園先生。瑪麗《マリー》の出した甜心がお口に合わなかったとか。大変申し訳ありません」

平身低頭の勢いで、高厨師は謝罪する。そして随園がすでに旅支度を始めているのを見て、仰天《ぎょうてん》した。

「あの、もうお帰りですか」

「あまり長くも家を空けておられん。中秋には戻ると家族には言っておいたのでな」

「しばらく、お待ちください。瑪麗の作る洋菓子は、ひとつやふたつではありません。実は、欧州で使われる材料や香辛料などが、手に入りにくいということもありまして、瑪麗にはここのところは清国の甜心を中心に修業させていたのです。準備が整うまで、ご滞在くださいますよう、お願い申し上げます」

高厨師が大きな体をかがめて、膝を床につかんばかりに懇願《こんがん》するので、袁枚はむっつりと押し黙った。荷物を行李にまとめていた尹丞《いんじょう》と下男は手を止めて、袁枚の反応を窺《うかが》う。

「では、しばらくは居させてもらおう。主の不在中に出て行くのも、無礼であるからな」

なんとかその場をおさめた高厨師は、膳房へ戻ると体から空気でも抜けたかのようにへたり込んでしまった。

「すみません、高厨師。王府のみんなはベノワルを喜んでくれたので、随園先生もきっとお好みになるかと思ってしまって——」

王厨師が『それ見たことか』と顔一杯にしてこちらを眺めているので、マリーは震える手を押さえつけるのに必死であった。

午後に帰宅してすぐに報告を聞いた永璘は、しばらく考え込んでから、目の前で縮こまっている高厨師とマリーを諭《さと》した。

「相手の好みや体調も知らないまま、いきなり見たこともないものを出したところで、喜ばれるとは限らん。マリーは気を回しすぎて失敗したのだろう。少しずつ種類を出していけば、気に入る洋菓子もあるだろう。袁枚に長く滞在してもらえる方策は、こちらでなんとかしよう。マリーは洋菓子作りに専念しろ」

永璘はその足で袁枚の廂房《わきのや》に赴《おもむ》き、昼食をともにとりつつ引き留めることに心を砕いた。

杏花庵《きょうかあん》でレシピを整理して、材料の発注書を書き散らしていたマリーは、日暮れ近くに杏花庵に顔を出した黄丹に、ことの次第を訊ねた。

永璘の背後に控えて袁枚との会食の一部始終を見ていた黄丹は、行方のわからぬ陳大河の消息がつかめるまでは、北京に留まるという言質《げんち》を袁枚から得たことをマリーに教えてくれた。

「すごく長い時間、話し込まれていたんですね」

暮れかかった夕日が庵内に差し込むのを見て、マリーは嘆息した。

「後半は、ほとんど随園先生の詩論を拝聴していただけですけどね」

黄丹は欠伸《あくび》をしつつ目をこすった。

「老爺《ラオイエ》は熱心に耳を傾け、質問に答えをいただいたときは、冊子に書き付けておいででした。奴才《やつがれ》にはわかりませんが、誰それの詩はどうだとか、ああだとか、いいとか、悪いとか」

それが過去の詩聖についてなのか、同時代の詩人たちであるのかも、黄丹には興味のないことらしく、廂房《わきのや》ではこらえていたらしい欠伸を連発する。

——なんの妙味も驚きもない。

袁枚の言葉が、マリーの耳の奥にこびりつき、何度も繰り返す。

どうにかして袁枚を驚かせ、フランス菓子の『妙味』を知って欲しいとマリーは頭を抱えた。

次の機会と準備する時間が与えられたことはありがたいものの、仔牛が乳離れしてしまうこの季節、手に入るバターやクリームの量が限られてしまうのも痛いところだ。欧州の料理や菓子が、どれだけ乳製品に依存しているのか、思い知らされるマリーであった。

次の休日。主日のミサを終えると、パンシのレッスンが始まる。アミヨーと話す時間が持てなくなったのは残念だが、あの温和な顔を見ると、王府での悩みや愚痴を聞いてもらいたくなってしまう。王府の内情を漏らすようなことはできないので、絵の修練のためにアミヨーとの時間がなくなってしまったのは、いいことだと思うようにした。

マリーは王府に滞在する客のために、フランス菓子を作らねばならなくなったので、課題をこなす時間がとれなくなったことをパンシに報告した。

「かなり上達したから、レシピ帳の挿絵に菓子のスケッチを入れる程度の技術は身についている。マリーは画家になるために絵を学んでいるわけではないからね。色を塗りたければ、また別の技術が必要だが、それは時間ができてからでもいいだろう。レッスンはしばらく休むかね」

パンシに淡々と提案され、マリーはレッスンがなくなるのは寂しく感じた。それに、マリーはつねづねパンシに訊きたいことがあった。

袁枚の件で、頭の隅に追いやられていた案件だが、しばらくパンシと話せなくなるなら、ここで確かめておきたい。

「あの、」

パンシは眉を上げてマリーの言葉を待つ。

「カスティリヨーネという宣教師さまのことなんですが」

パンシの眉がさらにくっと上がった。

「どんな方だったか、ご存じですか」

パンシは首を横に振った。

「カスティリヨーネ助修士は、私が清の地を踏む五年前に他界している。かれに会ったことはない」

「そうですか」

マリーはがっかりする。

「南堂のロドリーグ神父とダルメイダ神父は、生前のカスティリヨーネを知っているはずだ。話したことはあるかね」

「専門が違うので、如意館で絵の制作にかかわる時間の長かったカスティリヨーネ助修士さまの思い出は、あまりないそうです」

パンシに訊ねたのは、同じイタリア人の画家として、絵に関する話が聞けると思ったからだ。だが、パンシとカスティリヨーネの道は交わっていない。聖職者でありながら、清の宮廷で画官として出世し、布教にかかわらなかったカスティリヨーネを快く思わない宣教師もいることを、マリーは漠然と感じている。

「まあ、そうだろうな」

パンシは軽くうなずく。

「カスティリヨーネの、何を知りたいのかね」

「欧華折衷《せっちゅう》の画法を完成する前は、どんな絵を描いていたのかということです」

「一般的な宗教画や、肖像画であったという。欧州に残された遺作は少ないが、王族の肖像画を依頼されるほどだ。当時の西洋絵画界においても、評判の高い画家であったことは確かだろう。耶蘇会《やそかい》では清国に派遣する画家を必要としていて、カスティリヨーネに声をかけ、カスティリヨーネは助修士の資格で耶蘇会に参加し、渡航した」

職業画家であったカスティリヨーネには、西洋画法を東洋に広めようという野心があったのではないかとマリーは思った。そして清国に渡るために、修道士となったのだ。布教への意欲は、他の宣教師との温度差があっても当然かもしれない。マリーがキリスト教徒でありながら、フランスの菓子を広めることにしか興味がないように。

職人の発想と聖職者の発想には、ずれがある。溝《みぞ》があると言ってもいいだろう。聖職者の階位よりも、宮廷画師として高みを目指したカスティリヨーネの心境を、マリーはぼんやりと想像できる。

「パンシ神父さまは、皇上ともお言葉をかわされることがあるんですよね。皇上がカスティリヨーネ助修士さまのお話をされることはありますか」

パンシの面から表情が消える。なにかまずいことを訊ねてしまったかとマリーはほぞを嚙んだ。

「誰も、カスティリヨーネの代わりにはなれぬ、と仰《おお》せになったことはある。私の絵に失望されたのかと緊張したが、ただそう思われただけのようだ。仕事は途切れずに賜《たまわ》るが、かつてアッチレやカスティリヨーネに下されたような大作の御諚《ごじょう》が下されたことはない」

淡々とした口調だが、マリーは胸に針が刺さったような痛みを感じた。

必要とされてないという痛み。

耶蘇会の時代は終わり、異国に取り残された宣教師たちは、過去の栄光を惜しみつつ、その残滓《ざんし》の中で生きることを余儀なくされている。かつてはヨーロッパ最新の科学や医学、芸術の先端を学び、世界中に派遣された宣教師たちではあったが、みな老境に足を踏み入れ、後継者は送られてこない。そして清国の支配者は、もはや西洋の宣教師を宮廷に置く価値を認めなくなっている。

康熙帝も乾隆帝も、西洋の技術を面白がり、献上《けんじょう》された機械を喜びながらも、その真価や用途には興味を示さず、飽きては収蔵庫へしまい込ませて忘れてしまう。北京に置き去りにされた宣教師たちも、忘れられて埃《ほこり》を被った自動人形やカラクリ機械、排気ポンプのようなものとなりつつある。

未だ五十代のパンシにはやりきれないことだろう。

「皇上がカスティリヨーネ助修士さまの絵を愛されていたことは、確かなんですね」

少し間を置いて、パンシは答えた。

「カスティリヨーネの七十歳の誕生日には、皇上は盛大な大寿の祝賀をかれのために催したという。円明園《えんめいえん》で貴重な物品をカスティリヨーネに下賜し、円明園から紫禁城への道のりは豪華な御輿《みこし》にかれを乗せて音楽隊に先導させ、騎乗した満漢の官人があとについて行進した。北京に在住するすべての宣教師を南堂に集め、鐘を鳴らさせた。そしてかれが七十八で没したとき、皇上は自ら墓碑銘を献じ、三百両の黄金と絹を賜り、葬儀を盛大に執り行い、その功績をたたえて正三品の侍郎の官位を追封された。外国人が授かった官位では最高のものだ。皇上がかれに賜ったさまざまな恩寵《おんちょう》は、他の西洋人の画家には前例がない。カスティリヨーネがもっとも寵の深かった画家であったことは疑いがない」

そこまで寵愛した画家に似た絵を描く息子からは、絵筆を取り上げてしまう。マリーには乾隆帝の内心は測れない。『誰も代わりにはなれない』とパンシに吐露《とろ》した言葉からは、他の誰にもカスティリヨーネのような絵を描くことを許さない、という意味ともとれる。だがそれはマリーの推測に過ぎないし、永璘が堂々と絵を描けない理由には、弱すぎる気がした。

結局、何もわからないままだ。乾隆帝はいつか、絵を禁じた理由を息子に語る日が来るのだろうか。

やるせない思いで鉛筆を置いたマリーは、礼拝堂から聞こえてくるパイプオルガンの音に耳を澄ませた。そういえば、アミヨーに頼みたいことがひとつあったのだ。アミヨーのかけた謎に正しく答えることができれば、袁枚を驚かせる洋菓子を作れるかもしれない。マリーは急いで画材をまとめてパンシに礼を言い、礼拝堂へと急いだ。

迎えに来たのは、朝にマリーを送ってきた侍衛ではなく何雨林だった。

「何さん、長辛店村《ちょうしんてん》って、ここから遠いんですか」

唐突なマリーの質問に、雨林は眉を寄せて考え込む。

「永定河《えいていが》を渡った先の長辛店村ですか。歩いて行ける距離ではありません。馬車を使っても、往復に一日かかります。何があるんですか」

「墓地があるそうです。北京で亡くなったキリスト教会関係者の」

そこに、カスティリヨーネの墓があると聞かされて、乾隆帝が捧げたという墓碑を見てみたいとマリーは思ったのだ。純粋に、この地に散った求道者《ぐどうしゃ》たちの墓に参りたいという気持ちもある。しかし、自分の足で行ける距離ではないと知って落胆した。

「老爺《ラオイエ》か嫡福晋さまにご相談なさる必要があります」

「ですよね」

ふたりが王府に戻ると、賑《にぎ》やかな空気が漂っていた。

高名な『随園老人』が慶貝勒《ベイレ》府に滞在しているという噂が都を駆け巡り、詩壇で名を馳《は》せた文人や、弟子入りを希望する書生などが、ひっきりなしに面会を申し込み、出入りしているのだ。

そしてどの局の厨師も、いつも以上に扱う食材の鮮度や品質を吟味《ぎんみ》し、袁枚とその朋友《ほうゆう》たちに何を作って出そうかと、額を寄せて議論している。

マリーはきりきり舞いする厨師たちを横目で眺め、不穏な言葉を呑み込んだ。着替えて杏花庵に急ぎ、そこで残りの休日を過ごす。マリーの帰宅時間を計って、いつものように太監の黄丹が顔を出す。

「おかえりなさいませ、趙小姐《シャオジエ》。何かお作りになるのなら、材料をお持ちしますが」

「今日はお菓子は作りません。黄丹さんもゆっくりなさってください」

二度目の失敗は許されない。随園老人にどんなお菓子を出すべきか、マリーはずっと悩んでいた。袁枚は気に入った料理はその材料や調理法を必ず訊ねる。そこから、袁枚の好みや体調を推《お》し量《はか》ることができるのだが、口の肥《こ》えた袁枚に賞賛される料理を出した厨師は、いまのところいないようである。

「では、お茶をお淹れします。白茶でよいですか」

「お任せします。老爺は、お帰りになりましたか」

「まだです。皇上が円明園にお入りになったそうです。例年なら老爺も皇上の紫禁城御還御まで、北の別荘から円明園にお通いになるところですが、袁枚の接待もありますので、こちらの王府から通うと仰せです。そうすると早朝から出て行って、お帰りは夕食時になります」

当分は永璘と話す時間もなさそうだ。カスティリヨーネの墓参りは、新年を待たなければならないかもしれない。

「おさびしいですか」

冷やかすような黄丹の問いは、マリーの気持ちを逆撫《さかな》でする。しかし、他意があるわけではないと、微笑してやりすごした。会えなくて残念なのは、本当のことだ。顔に出ていたのなら、黄丹を責めても仕方がない。

「お菓子を作る時間ができたのに、食べてくれるご主人さまがいないんじゃ、つまらないじゃないですか」

「随園老人がお越しになりましたから、思い切り腕をふるって、慶貝勒府の名をあげてください」

「フランスでも、美食家が褒《ほ》めた料理人の名声や、ホテルやレストランは評判になって客が押しかけるけど、王府は商売で料理を出すわけじゃないですよね。どうして随園老人を喜ばせる必要があるんですか」

「箔《はく》がつきます。といいますか、朝廷における存在感の問題ですよ、趙小姐《シャオジエ》。王府にもいろいろあります。歴史の古い鉄帽子王家から、学問や武芸、芸術などで重きをなしている王家。当家のように、特筆するところのない新参の王家まで。有名な詩人で美食家の袁枚先生が滞在してくだされば、当家も注目を集めて、王府間の交際が賑やかになります」

永璘が欧州外遊へ赴いた目的のひとつに、宗教の紐付《ひもつ》きではない学者や技術者を誘致することがあった。乾隆期の終わりに近づくにつれて、最新の科学や専門技術を持つ宣教師の数が減り、才能にあふれた西洋の人材が往事ほどには得られなくなっていた。もしもフランス革命が起きず、永璘の目的が達せられていれば、その功績は高く評価され、爵位も上がっていたことだろう。

清国で爵位を得るのは、皇族か国家に多大な貢献《こうけん》を成した政治家か将軍だけだ。それも代が下るごとに爵位も下がっていく。初代が親王位を得て王府を開けば、二代目は郡王《ぐんおう》、三代目は貝勒《ベイレ》という具合に。初代からの爵位を世襲《せしゅう》できるのは、よほどの功績を挙げて授爵した鉄帽子王家と称される家系だけであるという。現皇帝の皇子のなかでは一番爵位の低い永璘の清朝宮廷における存在感は、どうしても薄くなってしまうのだろう。

まだ嫡子の生まれていない永璘はそれほど焦っているようすは見せないが、子の世代が貝勒の下の貝子《ベイセ》では、孫の世代では国公《こくこう》まで下がってしまう。せめて自分が親王で薨《こう》じれば、子孫は五代先まで安泰と考えるのは、家長となった者のさがであろう。

「でも、料理で名を上げても、爵位が上がるわけじゃないでしょうに。十一皇子みたいに学問で名を上げるとか。というか、清国では爵位って功績があるからもらえるんですよね。だったら政治とかで頑張ってですね、王府の格を上げられないんですか。財政改革とか、行政改革とか」

十代の少女の口から政治用語が出てくることに、黄丹は目を丸くする。

財政難でたびたび財務官が解任されたり、議会が招集されたりすることが、日常的に新聞に報じられては、人々が口々に政府を批判する国から来たので、マリーは政治にまったく無関心ではない。

議会制だの経済だのの仕組みを理解しているわけではないが、家族でパティスリーを経営する夢を持っていたマリーは、財政についていつかは勉強しないといけないとは思っていた。思っていただけだが。

ジャンと結婚していたら、たぶんいまごろは会計を学んでいたことだろう。それが大陸の反対側で絵を学んでいるのだから、人生はわからないものだ。

「雍正帝《ようせいてい》と皇上が清国の基盤をしっかりお固めになって、文化面の大きな事業は老爺《ラオイエ》の兄皇子さまがたが成し遂《と》げてしまいましたから、老爺が功績を上げようにも――」

黄丹は眉尻と目尻を下げて、自分で淹れた茶をすすった。

活躍の場を持たない若い皇子は、せめて王府内の文化生活が充実しているということが、大規模な家庭を円滑《えんかつ》に運営できていると、父帝へのアピールになるらしい。

「十一皇子の成親王は、学識と才能は豊かでいらっしゃいますが、ご家庭のことで、皇上の信頼を得られずにおいでですからね」

黄丹は、マリーとふたりだけのときは、それなりにおしゃべりも楽しむ。皇族の生活面を寝室にまで入り込んで世話をする太監は、宮廷のゴシップ源としては豊富な話題の持ち主であるようだ。もっとも、それだけに口が固くないと身を滅ぼすことにもなる。

永璘の描いた絵を世間に公表できれば——芸術面で十一皇子以上にひとびとの賞賛を集めるであろうにと思い、マリーは歯がみする思いだ。

マリーは茶を飲み干《ほ》すと、奥の間の書机に父親のレシピと自分のノートを広げた。

料理人でもない美食家が書いたレシピ本がもてはやされるのならば、本職のパティシエの書いた洋菓子の本を出せば、慶貝勒《ベイレ》府の名を上げることになるのではないか。永璘が唯一、欧州から連れ帰ることのできた職人（見習い）として、何かを成し遂げなくてはならないという気持ちは以前からマリーにあったが、高厨師らの袁枚の扱いを目の当たりにして、いっそう気合いが入る。

——本の刊行か。自分の本を出す？

束ねたレシピを眺めながら、マリーは急に興奮してきた。アミヨーの学術書や父の料理本の蔵書を思い出し、誰かの本棚に自分の書いた本が並ぶかと思うと、なんだかいてもたってもいられない。マリーの場合は、自分が挿絵も描くのだ。もしかしたら、永璘が描いてくれるかもしれない。

マリーは立ち上がって、部屋をうろつきだした。

――いやいや、緊張するのは早いでしょう、マリー。

レシピを読み直したり、文章を修正してみたり、記憶にあるミルフィーユやシュー・ア・ラ・クレームのスケッチを始めたりして、何から手をつけていいかわからない。

装幀は赤い革張りがいい。

表題は？『フランスの伝統菓子と中華甜心』

著者は『マリー・フランシーヌ・趙《ちょう》・ブランシュ』

「きゃー」

自分の名を冠した書籍を想像しただけで、顔が熱くなるのをこらえかね、マリーは小さな悲鳴を漏らし、両手で頰を押さえた。

「どうしたのかね。姑娘《クーニャン》」

マリーが手で覆ったまま顔を上げると、弟子を伴った随園老人こと袁枚が、台所から小屋の奥をのぞき込んでいる。西園の散策中に、杏花庵を見つけて立ち寄ったのであろう。

マリーはばつの悪さを隠して背筋を伸ばした。

「レシピのことを考えていて」

「れしぴ？」

「食単のことです。漢語に訳すのは難しいなぁと悩んでいました。ところで私のことはマリーとお呼びください」

袁枚は号がふたつもあり、字《あざな》もある。清国人は互いの関係性によって、本名の諱《いみな》と通称の字や号、あるいは肩書きなど、呼称を使い分ける。袁枚との距離感がわからないマリーは、この新たな知人をどう呼んでいいのか難しい。通りすがりの老人でなくなったいま、客人の袁枚に敬意を表して、袁先生と呼ぶことになった。

袁枚は、マリーの菓子を非難したことを忘れたかのように、初めて会った日の好々爺《こうこうや》の顔に戻って、杏花庵の設備と内装に関心を示した。マリーは中に招いて、こぢんまりとした甜心茶房を案内する。

袁枚は特に、石窯の中と外をためつすがめつ見回しては、ふんふんと首を振った。

菓子職人見習いと、賄い厨師の憂鬱

袁枚が永璘と高厨師の申し出を受けて、慶貝勒《ベイレ》府に長逗留《ながとうりゅう》をすることにしたのは、陳大河青年が確かに南京の実家へ帰還したことが確認できるまで、北京を動けなかったというのも、理由の一つであるという。

「家出当然で飛び出したからのう。王府に伝手《つて》もないのに、雇われるはずがないと皆に反対されておったし、帰りづらくて北京で路頭に迷っているかもしれん。腕のいい厨師だから、どこかの酒楼で仕事を見つけたのならよいが、外城のどこかで日銭を稼いでその日暮らしなどしていたら、親に申し訳が立たん」

そう言って、袁枚は壮麗《そうれい》な宮殿に安穏《あんのん》と居候《いそうろう》を決め込むことはせず、日々外出して酒楼や茶楼を訪ね、陳青年の消息を訊ね歩いている。足下に危なさはなく、杖にはほとんど頼らない矍鑠《かくしゃく》とした老人だ。内城の反対側へ行くときは轎《かご》を使い、北京でかかる費用については、懐具合の心配はないらしい。

「そりゃ、南京に庭園つきの豪邸を持って、悠々自適の文士暮らしだっていうからな。生活には困らんさ」

頻繁《ひんぱん》に出かけていく袁枚を案じるマリーに、高厨師がそう教える。

「本を読んだり、書を書いたりで、豪邸暮らしできるんですか」

袁枚は永璘の蔵書を読む許可を得て、王府にいるときは読書や書き物に励んでいる。性格はアミヨーと正反対であるが、学者肌なところは同類なのかもしれない。

「袁先生はもともと、若いときに科挙に合格して進士及第《しんしきゅうだい》した、超のつく秀才だ。官界を引退しても、自分の学問所を開けば生徒はいくらでも集まる。金には困らんさ。もともと文才も非凡なものがあったんだろう。袁先生が書いた墓誌には、銀万金を払う富豪もいるって話だ。遊歴に出れば、弟子や熱心な読者がよってたかって宿も食事も出してくれる」

科挙の仕組みについては、燕児に教えてもらったことがある。貴族か資本家しか政治家になれない欧州と違って、清国では庶民でも試験を受けて合格すれば官僚になれると聞いて、ちょっと驚いたマリーだ。そのためか、清国は市井《しせい》のあちこちに学習塾が充実し、庶民でも読み書きできる者が少なくない。

日曜学校以外では、庶民が教育を受ける機会がほとんどないフランスとは大違いだ。

もしもマリーがパティシエールを目指していなかったら、父親は職人に必要な程度の読み書きすら学ばせなかっただろうし、菓子作りに必要な計量や、帳簿の付け方も教えてくれはしなかっただろう。パリのほとんどの女たちのように、看板が読めて自分の名前が署名できるだけで、新聞や伝票を読むことなどできなかっただろうし、いまこうしてアミヨーの著作や、ましてや漢語で書かれた本まで読めるようにはならなかっただろう。

袁枚にもらった『随園食単』はまさにレシピ本で、短い文章に材料と調味料、調理法とその手順、食感や味について簡潔《かんけつ》にまとめてあり、レシピを読み慣れたマリーには最適の教科書だ。

それに、レシピだけではなく、料理の基本や予備知識にもページを割いてあり、マリーが覚えきれずにいた漢語の料理用語がするすると頭の中に落ち着いてくる。調味料の使い分けや、厨師らがただ指示するだけで、理由や効果を教えてくれない手順についても、ちゃんと詳しく書いてある。

出会いは最悪であったし、菓子職人として認められるかどうか難しいところだが、決して無駄な縁ではなかったと、マリーは神と聖霊に感謝した。

そうして半月が過ぎたころ、袁枚は南京から一通の書簡を受け取った。陳青年の両親からで、未《いま》だに南京に帰還していないということだった。

マリーは杏花庵でチェリータルトと紅茶を給仕しつつ、袁枚の話を聞く。

「大河の両親が、この書簡を出した日付の時点で南京に帰っていないということは、帰るに帰れずどこかに身を寄せているということだ。内城の茶楼や酒楼には大河らしい厨師は見つからんかったから、明日から外城を捜すことにしよう」

マリーはいくら袁枚が元気でも、広大な北京市のすべての酒楼を捜し歩くことは無理だと言って止める。

「わしが自分で捜し回っているわけではない。内城でも一軒一軒訪ね歩いていたわけではないからな。書店に広告を出させ、知人や門下生も総動員して捜させている。そのうえで、大河らしい人物の情報があれば、わしが自ら確かめに行く」

「それでも見つからないんですか。どこへ行ってしまったんでしょう」

「もともと内城は旗人らの街だ。中央に縁故のない大河に、仕事を紹介してくれるあてもなかっただろう。仕事が欲しければ漢人の居住区に行くはずだ。外城にはすでにひとをやって調べさせているから、顔立ちや経歴の似た人間がいるという酒楼を巡るだけでいい」

「私もお手伝いしましょうか。大河さんとはお会いしたことがあるので、お役に立つかもしれません」

正直なところ、陳大河の顔ははっきりとは覚えていない。だが、向こうは特徴のあるマリーのことを覚えているかもしれないし、マリーも会って声を聞けば思い出すだろう。

「瑪麗《マリー》には仕事があるのではないか」

「高厨師に相談してみます」

袁枚の接待を第一に優先する高厨師は、話を聞いてマリーに供をするように指図した。

「人手のことは気にするな。他の局から徒弟を回してもらう。それより、外城は場所によっちゃ治安がよくない。侍衛をつけてもらうよう、嫡福晋さまにお願いしておく」

例によって、雨林が護衛につけられた。制服ではなく、常服に佩刀《はいとう》している。さらに袁枚とマリーのために轎《かご》が用意された。

「外城、歩いてみたいのですが」

遠慮がちにお願いしてみたが、雨林は首を横に振った。

「趙小姐《シャオジエ》は目立ちますから」

「だからですよ。陳大河さんの方から私を見つけてくれるかもしれないじゃないですか」

が、却下《きゃつか》になった。雨林がだめだと言ったら、だめなのだ。永璘よりも手強《てごわ》い。マリーはおとなしく轎に乗り込む。小窓のついた轎なので、外をのぞくことはできそうだ。

北京に来てまもなく一年が過ぎようとしているのに、マリーは内城から一歩も出たことがない。衣食住はすべてそこで賄われる広大な貝勒府《ベイレ》で忙しい一日を過ごし、休日は教堂に拝礼にいくだけの日々。訪ねる知人としては一番遠い和孝公主の公主府でさえ、歩いて行ける距離にある。なんの不便もなくそこで暮らしていけるのだから、知る者のいない外城へ出かける理由などないのだが、高い城壁に囲まれているという閉塞感《へいそくかん》を、ときどき思い出す。

　轎が宣武門《せんぶもん》をくぐる。城壁の門を出るという、ただそれだけのことなのに、マリーの胸は高鳴った。去年の初秋、北京の市街を永璘の馬車で通り過ぎたときの記憶が蘇《よみがえ》る。

　皇帝の住む宮城を八旗の旗人らが囲む北京内城を、国王と貴族が集団で生活していたヴェルサイユ宮殿に喩《たと》えれば、外城は庶民の住むパリの街だ。賑やかで猥雑《わいざつ》な、たくましい人々の住む大都会。

　パリで生まれ育ったマリーは、下町の人々の熱気が好きだ。優雅《ゆうが》な上流世界への憧《あこが》れを抱えつつも、平民の身分から抜け出す日がくるなんて夢にも思わない。貴族に仕える平民という、コウモリのような存在ではあったが、そのことを疑問に感じたこともなかった。

　革命が起きるまでは。

　被征服民の住む外城は、内城と空気も違う。服装も髪型も、満族のそれとほぼ同じなのだが、女性の髪型は両把頭《りようはとう》以外の形に結われていたり、男性は道服《どうふく》と呼ばれる広衿大袖《ひろえりおおそで》のゆったりした袷《あわせ》の長着に、細い帯をゆるく巻いた姿もちらほらと見える。

　小さな子どもたちは尻の見えるズボンを穿《は》いて走り回り、ひどく窮屈《きゆうくつ》そうな靴を履《は》いた少女が、枕や花を売っている。

　なんであんな歩きにくそうな靴を履いているのだろう、親は大きな靴を買ってやれないのかな、とパリの貧民窟《ひんみんくつ》の子どもたちが、冬空にもつま先の開いた靴を履いていたことを思い出すマリーだ。

すれ違うおとなの女たちも、ゆらゆらと危なっかしい歩き方をする。長い裙《スカート》や褲《ズボン》の裾からのぞくのは、満族の貴婦人が履く花盆靴の竹馬のような上げ底だ。介添えしてくれる侍女もなく、馬の蹄のように狭くて高い底の靴で歩くのは楽ではないだろう。ゆらゆらと腰を振りながら歩くさまは、いまにも転びそうで見ていてひやひやする。

庶民が上流階級のファッションを真似《まね》することは、フランスでも珍しくない。労働をする女たちですら、可能な限りコルセットを締め上げ、パニエを大きくしてスカートを広げ、ハイヒールを履く。厨房勤めのマリーは、砂糖や小麦粉の袋を持ち運ぶためにハイヒールなど履けなかったし、ドレスに火が燃え移ってはいけないので、スカートの下に巨大なパニエを付けることもなかった。せいぜい襞や内ポケットの多いスカートで腰回りを膨らませるくらいだった。

野菜の振り売りや、ガラガラ声を上げる屋台の饅頭《マントウ》売りを眺めているうちに、一軒の酒楼の前で轎《かご》が止まった。雨林に助けられてマリーが轎を降りると、周囲の視線が集まる気がする。

派手な刺繡《ししゅう》も飾りもないが、細かい織り模様に艶のある淡紅色の、裾が膝まである外出用の長袍《チャンパオ》を着て、身ぎれいな常服に武器を携えた雨林にエスコートされているところは、どこかのお嬢様に見えるに違いない。

マリーの髪は黒褐色だが、一本一本が猫の毛のように細いので、陽が当たると光が透《す》けて薄茶色から金色に煌《きら》めく。平たくまとめた両把頭には、和孝公主から拝領した耳飾りを簪に作り替えたのを挿しただけだが、簪の端に揺れる緑と赤の縞瑪瑙《しまめのう》がいっそうマリーの明るい色合いの髪と白い肌を強調していた。

――やっぱり目立っているかな。

気のせいでなく、誰もが振り返っていくのがわかるので、雨林の言葉は本当だ。内城では、いつも同じ道を歩いているうちに、もはや誰も振り返らなくなっていたが、さすがに漢人ばかりの外城では、そういうわけにいかないようだ。

袁枚は弟子の尹丞《いんじょう》の手を取って轎を降り、雨林がマリーに付き添って酒楼に入る。すぐにでも陳大河が厨房で働いていないか訊ねるかと思いきや、袁枚は部屋をとって料理を頼んだ。

「この酒楼で一番うまい打滷麺《ダールーミエン》を三つ」

店の者は「いい秋茄子《あきなす》が入ってますよ。滷《ルー》の具に入れますか」と愛想よく笑う。

「もちろんだ」

啞然とするマリーや雨林に、席に着くように促す。

「北京に来たら粉物を食べ歩かねばなぁ。特に麺類は自分で作るのは大変だ」

大変機嫌がいい。

「内城では、これといった打滷麺《ダールーミエン》に出会わなかった。家庭料理みたいなものは、大衆向けの酒楼の方が案外うまいもんだが、さて、この店はどうかな」

そう言って、袁枚は壁際に控えていた雨林に席を勧めた。

「遠慮せんでいい。わしのおごりだ。頼んだのは三人前だが、わしは少量で足りるので、尹丞の皿から少し取り分ける」

「仕事中ですので」

　雨林が低い声でなお固辞すると、袁枚は笑い飛ばす。

「客におごられた飯を食うのも仕事のうちだ。ほれ、瑪麗《マリー》も。こういう俗な料理は、王府では出すのか」

　マリーが戸惑っているうちに、思いがけない早さで野菜あんかけ麺が三人分出される。

　豚の肋肉《あばら》を、各種のスパイスとじっくりと煮込んだスープに、葱《ねぎ》や生姜《しょうが》の薬味、木耳《きくらげ》と茸《きのこ》、戻した干しエビに貝柱、そして新鮮な茄子を絡めてとろみをつけた滷《ルー》を、麺にかけた料理だ。仕上げに流し込まれた溶き卵が、とろりとした艶やかなスープの中を、羽衣《はごろも》か黄金の薄雲のように漂っているのが美しい。立ち上る湯気を嗅いだだけで、ぐうと腹がなって唾が湧く。

「仕上げにごま油を数滴垂らせば、たまらんだろう。さあ食え」

　袁枚の厚意を断ることも無礼であるし、雨林は途方に暮れた顔で「では」と礼を言って腰を下ろし、箸を取って打滷麺《ダールーミエン》を食べ始めた。

「瑪麗、掻《か》き混ぜたらだめだ」

　マリーはびくっとして箸を止めた。袁枚は断固とした口調で食べ方を指南する。

「麺と混ぜてしまうと滷《ルー》のとろみが溶けて、濃厚な味を損なってしまう。汁をひと口、麺をひとすすり、具を味わって、汁を飲んで、麺をすする」

言われた通りに汁を味わってから麺を――マリーはすすることができないので、箸で麺を巻きとって口に入れた――それから茄子を口に入れる。

「熱、熱っ」

汁をたっぷりと含んだ茄子は、舌でも潰せるような柔らかさのなかにも弾力を残し、その鮮度を物語っている。肉は箸でつまもうとするとクリームのように蕩《とろ》けて逃げるのを、野菜と一緒にすくい上げて口に入れる。肉の甘みと滷《ルー》の醤油《しょうゆ》みを残して、わずかな歯ごたえとともに舌から喉へと滑《すべ》り降りていく。

「おいしいです！」

マリーは感激して言った。

貝勒府《ベイレ》でもじゅうぶんにおいしい料理を食べてきたはずだが、このなりふりかまわず何種類もの香辛料を肉の旨《うま》みと混ぜ合わせたスープに、さらに気前よく乾物で風味を加えた野菜餡が、たまらなく美味《うま》い。

雨林は無言で打滷麺《ダールーミエン》を胃に流し込んで、物足りなさそうな顔をしている。マリーはおかしくなってくすくす笑った。雨林と目が合ってしまったので、手巾《ハンカチ》を差し出す。

「ひげに餡がついています」

雨林は恥ずかしそうに餡を拭き取って、口ひげを整えた。

「うまいものを食うと、みないい顔になる。食い道楽なのは、そういうわけだ」

袁枚はそう言って呵々と笑い、茶を淹れにきた給仕に、この三ヶ月あまりで、陳大河なる江寧人《こうねい》が厨師の仕事を探してこなかったかと訊ねた。給仕はいったん厨房へ引っ込み、ふたたび出てきて否《いな》と答えた。

「無駄足だったな。もう一軒行くか」

立て続けに具だくさんの麺類は食べられないと思ったマリーは、次の店へは雨林がどう言おうと轎《かご》を下りて歩くことにした。

「瑪麗、最近太ってきたの気にしてる?」

マリーが夕食にあまり箸をつけずにお茶を飲んでいるのを、小蓮《しょうれん》がのぞき込むようにして訊ねる。新人の小葵《しょうき》が、追い打ちをかけた。

「あ、やっぱり初めてお会いしたときから、顔が丸くなってきましたよね」

小顔で目鼻口が小づくりな小葵が丸顔でも太っては見えないが、身長が清国女性の平均より高く、どちらかというと面長《おもなが》で顎の形がはっきりしているマリーの頬に肉がつくと、貫禄《かんろく》とふてぶてしさだけが強調される。

「気にしているというか、お腹がいっぱいなの。袁先生の人捜しについて歩くと、一日に五食とか平気。王府に帰ればごちそうが待ち構えていて、さすがに完食はしないけど、どれもちゃんと味を見て感想を書き付けているの。あのお年でよくもまあ、あれだけ食べられるなと感心する」

菓子職人を目指す割にマリーが太っていなかったのは、仕事が激務であったからだが、袁枚のお供をする日はせいぜい歩くだけなので、頬や腹の辺りが重くなってきた。

「それはそれで役得じゃない。ここのところ、王府はご飯の味が落ちたよね。同じ献立《こんだて》ばかりだしさ」

小杏《しょうあん》がしなしなとなった野菜炒《いた》めを箸でつついてぼやいた。

賄い料理の質が落ちたのは、前院には未経験な厨師が配置されたことと、賄い用に納品される材料が固定化してきたからだ。人手も足りないので、献立も一度に大量に作れるものばかりとなっている。

「厨師の数も少ないから、肉料理を修業してきた厨師が米を蒸して、芯が残ったりするのよ」

小蓮が不機嫌な口調で米飯を頬張った。

「膳房はせいぜい二十人分の料理を作ればいいのに、二十人以上の厨師がいてさ、前院では十人ちょっとの若手厨師が百人分作っているの、おかしくない？」

言っているうちに、小蓮の声には苛立ちが募《つの》っていく。小蓮の機嫌が悪いのは、膳房の洗い場から賄い厨房に異動させられたからだ。膳房の洗い場ならば、憧れてやまないご主人様の姿を垣間《かいま》見る機会もあったであろうに、その望みが断たれてしまった。

初めて目にしたときの永璘の装いがあまりに華麗であったために、身分違いの片恋に落ちてしまった小蓮の情熱は、半年以上経過したのちも一向に冷める気配がない。

小杏は苦笑し、マリーはため息をつく。

「燕児と他の賄い厨師たちも、このままじゃいけないってわかってるけど、毎日の仕事をこなすだけで精一杯で、どう改善したらいいか話し合う時間もないって」

マリーは燕児を庇ったものの、小蓮の怒りの原因はそこではないので不機嫌は治らない。

「前はもっとおいしかったんですか。いまでも充分おいしいですよ。量もあるし」

小葵は屈託のない笑顔でおかわりをした。来たときよりも肉付きがよくなっているので、このまま食べ続ければ、もともとの円い小顔が横に長い楕円《だえん》になってしまいそうだ。

小杏はそれに応えず、真面目な顔でマリーの顔を見つめる。

「高厨師になんとかしてくれるよう、お願いできない？　ただの下っ端じゃ、上役に何を言っても取り合ってもらえないけど、瑪麗《マリー》は老爺《ラオイエ》のお気に入りだし」

マリーは眉間に小さな皺をつくって下唇を嚙む。

「老爺が気に入っておいでなのは、私じゃなくて、私が作る西洋のお菓子。職分以外のことに口を出したら、みんなと同じようにお叱りを受けるし、また謹慎させられてしまうよ。最悪の場合、フランスに送り返されるから」

小蓮に疑わしげな目を向けられたが、マリーは小杏の頼みを断った。

翌日、王厨師に言いつけられて倉庫へ小麦粉を取りに行く途中、マリーは前院の厨房に顔を出した。以前の三分の二ほどの広さになった厨房で、燕児ら若い厨師たちが忙しく働いている。李三の姿もときどき見えるが、ひとときもじっとしていない。声をかけることも憚《はばか》られて、マリーはすぐにその場を立ち去った。

終業後に膳房と西園の杏花庵を行き来するマリーは、王府の西側にある男子の使用人長屋へ戻る燕児たちの姿をたびたび見かけるが、ひどく疲れた表情で、やはりここでも声をかけられなかった。李三の目の下にも、隈《くま》ができている。李二もいっしょに帰ってくることがあるので、膳房の仕事を終えた後に前院に寄って、弟の仕事を手伝っているのかもしれない。

マリーはお菓子ではないフランスの料理も作れるが、中華の料理は点心局で学んだものしか作れない。パリと船旅で永璘のために作っていた中華『風』の料理は、醬《ジャン》とごま油を多用しただけの『もどき』であり、本場に帰ってくれば『もどき』ですらない。鍋子《グオヅ》も満足に使いこなせないマリーでは、前院の戦力にはならないし、永璘の好む菓子を作るのが職務なので、高厨師に頼んだところで異動はさせてもらえないだろう。

ある日の午後、杏花庵で折り込みパイの生地を練りながら、マリーはなんとか燕児と李三の助けになることができないかと考え込む。しかし、名案は一向に浮かばなかった。

「趙小姐《シャオジエ》、元気でやってますか」

背後から声をかけられたマリーは、飛び上がって振り返る。

「鄭《てい》さん！　お久しぶりです」

夏の官帽に官服という朝廷官吏の制服姿で杏花庵を訪れた鄭凛華《りんか》を、マリーは満面の笑みで迎えた。夏の冷帽は植物素材の笠を赤い羅で覆い、てっぺんに頂珠《ちょうじゅ》を戴く。武官の何雨林と同じ仕様だ。いっぽう官服は素材が夏物になるだけで、濃い青の長袍《チャンパオ》は詰め襟《えり》で袖も裾も長く、色や形は冬のそれと変わらない。遠目には一年中同じ格好をしているように見える。

「貝勒《ベイレ》殿下のお供で宮城に勤める時間が長く、夏の間は厨房にはあまり顔を出せずにいました。趙小姐は変わりはありませんか」

「厨房に戻れたので、私は元気いっぱいです。老爺《ラオイエ》もご一緒にお帰りですか」

鄭は笑顔の涼やかな二十代半ばの青年官吏だ。永璘の公私の秘書を務めていることから、鄭書童とも呼ばれている。永璘の欧州外遊の随行員でもあった鄭は、マリーとは帰国の旅の苦楽をともにした。一年に及ぶ旅の間は友人同士のように名前で呼び合っていたが、帰国してからは、何雨林と同じようにマリーのことを『趙小姐』と呼ぶようになった。

「いいえ、老爺のお帰りは明日です。厨房に設置する石窯用の煉瓦が、ようやく焼き上がったという知らせを受けたので、一足先に戻って搬入の段取りと監督をするように仰せつかりました」

乾隆帝の、円明園から紫禁城への還御を目前にして、永璘はこの三日ばかりは円明園に近い北郊外の別荘に詰めていた。

「いよいよですね」

杏花庵の石窯は家庭用の大きさなので、一度に大量の菓子は焼けない。しかし、厨房に造り付けるのは業務用だから、クロワッサンやブリオッシュのようなパンも、いまよりたくさんの量を焼くことができる。蛤蟆吐蜜《ハーマトウーミー》のような食感の焼餅《シャオビン》が北京でも好まれるのなら、石窯で焼いたパンもきっとみなの口に合うだろう。

「あ、でも、いまの厨房は賄いに使われているんですが、工事できるんですか」

鄭は自信たっぷりに微笑む。

「膳房が完成して、厨師たちが引っ越してすぐ、厨房を仕切って改築し、出入り口を別にした西洋点心局に独立させてあります。騒音はいたしかたありませんが、職人の出入りや作業中の埃は賄い厨師の邪魔にはなりません」

マリーは鄭の温和な顔を見上げる。鄭ならば、マリーがでしゃばったと思われずに、燕児たちが楽に働ける方法を示してくれるのではないか。

「その、厨房のことなんですけど。あの、お茶いかがですか」

悩みの深さそのままの眼差《まなざ》しでお茶を勧めるマリーに、鄭は微笑を絶やさず応じる。

「いただきますよ。久しぶりにマリーの洋菓子なども期待できますか」

そのひと言がマリーの表情を明るくする。

「もちろんです。ビスキュイの作り置きもありますけど、待っていただければタルトでもパイでもできます」

「それくらいの時間はとれます」

手早く折り重ねたパイに、李《すもも》の甘煮を包んでオーブンに入れ、沸騰《ふっとう》した湯で手際よく紅茶を淹れる。鄭は紅玉色の液体から立ち上る湯気を吸い込み、深いため息をついた。

「私が洋行で気に入ったのは、この紅茶の香りです。帰国してからも飲めるのはありがたいですね」

マリーは作り置きのビスキュイを小皿に置いて、鄭に差し出した。

「紅茶は清国でも手に入りますけど、清国で飲めなくてつらいのはコーヒーです」

寂しげに嘆息するマリーに、鄭は首をかしげる。

「あの泥水のような苦い飲み物ですか」

「ミルクとお砂糖を入れれば、それほど苦くはないです。紅茶も蜂蜜や砂糖を入れて飲みますよ」

「西洋はお茶にいろいろ入れますよね。それぞれの茶葉の持つ香りと甘み、渋さ。産地や収穫した季節の違い、そういったものを聴き分けるという嗜好《しこう》はないのですか。いえ、欧州の茶の在《あ》り方を批判しているわけではありません」

マリーはフランスの茶の嗜《たしな》み方を批判されたとは受け取らなかったが、鄭がそのように言ったことにかえって驚かされた。鄭はときどき、このように周囲に気を遣って先回りすることがある。

鄭は永璘の部下といっても、慶貝勒《ベイレ》府の使用人ではない。朝廷から遣わされた官吏であり、旗人の出身ではなく『科挙』という試験に合格して官人の地位を得たとマリーは聞いている。

三年に一度の試験で、万人にひとりが合格するという科挙だが、合格時の順位や現役官僚との縁故によって、得られる官職には天地の差があるという。二十代の前半で壮絶な競争率の試験を勝ち残って、一般の漢族から選ばれたのだから、鄭凜華はとても優秀な人材なのだろう。しかし、配属された先が皇族の秘書というのが、行政家たる官僚を目指して努力してきた鄭にとって、望ましい出世コースであるかどうかは、外国人のマリーにはいまひとつわからないことだ。

「紅茶にも、産地や発酵のさせかたで香りや味は変わってきますし、種類によって値段も違うんですが、私は庶民なので高価な紅茶には縁がなくて、あまりこだわりはないです。どちらかというとコーヒー党ですし」

「それでは、清国で手に入る紅茶を集めてみましょうか。コーヒーとやらも、探せば誰かが扱っているかもしれません。ところで、厨房でなにかありましたか」

マリーは鄭の差し向かいに腰を下ろして、膳房と厨房で起きていることを説明する。

「あの、鄭さんになんとかして欲しいとかじゃなくて、どうしたら誰かが責められることなく、厨房がうまく回ってみんながおいしいご飯を食べられるようになるのか、知恵があればお借りしたいと思いまして」

鄭は首を傾けて考え込んだ。

「賄いの質が落ちているのは、それは問題です。台所事情が巷《ちまた》の噂になってしまうと、王府の体面にもかかわります。李膳房長が前院の厨房にも注意を払わなくてはならないのに、随園老人の接待に気を取られているのでしょうか。高厨師には相談しましたか」

マリーは首を横に振った。

「燕児が自分からは何も言わないのに、私が口を出したら告げ口になってしまうみたいで、かえって事態を悪くしそうです。それでなくても、私は他の厨師に嫌われているので」

「かと言って、放置もなりませんね。問題は、誰が声を上げるかというところですが――私は石窯造りで厨房に出入りしますから、とりあえず実態調査してみましょう。その上で、李膳房長に注意と改善を促《うなが》すことができれば、誰も傷つきません」

マリーの口元に安心の笑みが浮かんだが、別の心配に眉が曇《くも》る。

「それで、鄭さんに迷惑がかかりませんか」

鄭はにこりと微笑む。

「私はもともと王府の人間ではないので、家政についてはなんの権限もありません。数年経てば配置換えで地方か別の部署に移される私が、誰かにとって都合の悪いことを指摘したからといって、対立するということもありません。とはいえ、言われた相手は私の背後に老爺《ラオイエ》の影を見るでしょうから、老爺の耳に入れられたくなければ、なんらかの行動は起こしてくれるはずです」

「ありがとうございます」

マリーは安堵し、心から感謝の言葉を述べた。

「でも、鄭さんがいつか異動してしまうのは、寂しいです」

焼き上がった李《すもも》のパイを切り分け、紅茶のお代わりとともに出す。

「マリーがすっかりこの王府に馴染《なじ》むまでは、いられるといいんですがね。職場が変わっても、文通はできますよ」

王府からいなくなっても、縁が切れるわけではないと言われて、マリーはほっとする。

清国はいまだマリーにとっては異郷の地であり、親しくなった人間が自分から離れていくことに不安以上の悲しみを感じる。

小梅《しょうばい》が王府を辞し、小菊《しょうぎく》が他家へ嫁いだことに、心が剝がれてしまうような寂しさを覚えるだけでなく、燕児と李三が別の部署に移ってしまい、日常的に顔を見ることも話すこともなくなったことに、マリーは慣れることができない。

そして、鄭ともいつかは別れる日がくると思うと、切なくて息が止まりそうだ。

「鄭さんは、どこのご出身なんですか」

袁枚と知り合ったことで、清国の官吏は北京だけではなく全土から集まっているということも実感したマリーは、鄭もまたどこか遠くから都へ来て、この王府に勤めていることに思い至る。

「同官県《どうかんけん》です。陝西省《せんせいしょう》の」

と言われても、マリーにはさっぱり見当がつかない。訊かなければよかったのかもしれないが、鄭は笑みを絶やさずに続けた。

「かつては唐《とう》の都であった長安《ちょうあん》で有名な西安《せいあん》市に近いのですが、わかりませんよね。そのうち地図を見せてあげましょう。おおざっぱに言って、北京の西にあり、清国のど真ん中から少し北寄りと思ってくれれば、だいたい合っています」

健脚ならば徒歩でひと月あまり、馬車で二十日以上かかるという北京からの距離に、パリとウィーンくらい離れているのかしら、とマリーもかなりおおざっぱに想像する。

「遠いですね。故郷が懐かしくなりませんか」

「もちろんです。家族や昔からの友人の多くはあちらにいますし、食べ物や作物、料理の味付けも、北京とは違いますから。マリーほどではありませんけどね」

「食べ物や生活なんかは確かに懐かしいんですが、私はフランスにもう誰もいないので、帰っても仕事も見つからずに野垂れ死にしそうです」

鄭には、他の誰にも言えないような愚痴や不安が言えてしまう。かれが王府の使用人でないことは、とても残念だ。だが、永璘とその家族、そして使用人の誰とも深い関わりがない鄭だからこそ、マリーも同室の小杏たちにも相談できないことが話せるのだろう。

「今日のところは、マリーも一緒に厨房に来て、西洋点心局の間取りについて相談しましょう。そのときに、賄いの方も視察します。厨師らと一緒に食事をしてもよいですね」

「鄭さんがですか」

「上役が顔を出さない厨房なら、若い厨師に頼めば陝西《せんせい》料理を作ってくれるかもしれませんからね。料理は江南や山東だけじゃないんです。餃子《ぎょうざ》や小龍包《ショウロンポウ》の味だって、北京と陝西では比べものになりません。それに、陝西の麺はもちもちして、温かい汁物も、酸味や辛みの効いた冷麺や炒麺も、種類がいっぱいあるのです。とはいえ、この王府の厨師には、ビャンビャン麺の作り方から教えないといけませんね」

いつもの温和な微笑は、表面的な愛想笑いだったのかと思わせるほど、鄭は心の底から湧いてくる笑みが止められないといった風情《ふぜい》で、故郷の食について語った。美味いもの、好きなものは、ひとを自然な笑顔にするという袁枚の考えを裏付けているようだ。

厨房への道々、鄭凛華から帯のように幅広い麺とその料理法について聞いたマリーは、たっぷりのチーズとミートソースにラザニアを重ねてベシャメルソースをふんだんにかけた、ホテルでも人気のあったイタリア料理を思い出した。あれも平たい麺と言えば麺かもしれない。

――ラザーニャ・ボローニャ。食べたくなってきたなぁ。お菓子じゃないけど、小麦粉があるからパスタは作れるし。清国って、トマトは栽培《さいばい》しているのかな。

いつの間にか、自分が食べたいもののことを考えているマリーだ。

鄭に連れて行かれた西洋点心局は、四方を壁に囲まれたまだ何もない空間であった。外壁に煉瓦を積み上げると説明されながら図面を見れば、鄭は南堂と同じ規模の石窯を造り付けるつもりであるらしい。

自分が作業しやすいように、間取りの注文を図面に加えていく。最終的には二、三人の厨師と助手が仕事をしやすいように、という鄭の提案を聞き、マリーはパリで勤めていたホテルの記憶を辿ってパティシエ部門の間取りを描きだし、検討を重ねた。

打ち合わせを終えたマリーと鄭は、燕児らの働く厨房へと顔を出した。

いつもならとうに一日の仕事を終えて、厨師たちは自宅や部屋に帰る時間であるのに、まだ片付けにも取りかかっていない。

「瑪麗《マリー》、何やってんだ。こんな時間に。今日は休みだったか」

燕児がマリーに気づいて、声をかける。マリーは驚いて聞き返した。

「こんな時間て、いつもこんな遅くまで働いているの？」

「手が足りないからな」

「高厨師に相談したほうがいいよ。いつまでもこんな状態、続かないよ」

「漢席料理の厨師の募集が始まれば、こっちに回される厨師も雇い入れるから、それまでの辛抱だって高厨師は言ってる。それまでは持ちこたえるさ」

しかし、漢席膳房の落成はまだひと月以上は先のことだ。マリーのうしろで話を聞いていた鄭が、口を挟む。

「そういうことなら、膳房ができるのを待たずに、すでに応募を受け付けている厨師から選んで、こちらで働いてもらっても差し支《つか》えなさそうですね」

マリーの背後に立つ官服の青年に目をやった燕児は、少し驚き、ぎこちなく礼をする。

「老爺《ラオイエ》の秘書官をしている鄭書童です」

鄭は自分から名のった。王府内で時折り姿を見かける官服の人物が、永璘の側近であることを、燕児が知らないはずはない。アーモンド騒動のときに、永璘の命令で詳細を調査するため厨房へ遣わされたのも、鄭書童であった。しかし、鄭が燕児と個人的に口を利くのはこのときが初めてであるから、鄭は改めて自己紹介するのが妥当《だとう》と思ったのだろう。

「鄭さんは、厨房の石窯造りを監督されるんです」

マリーの説明に、燕児は「ああ」といった表情になる。

「賄い点心担当の孫《そん》燕児です」

「マリーに親切にしてくれているそうですね」

鄭が『趙小姐《シャオジエ》』ではなく、にこやかな表情で洋行のときのようにマリーの名を口にした。

その親しげな口調に、燕児もそばまでようすを見にきた李三も驚いた顔になる。

「私は老爺の外遊に、秘書として随従しました。パリではマリーにずいぶん助けられたので、点心局の面々に親切にされていると聞くたびに、とても嬉しく思っています」

王府では上位の立場にある鄭の丁寧な物言いに、燕児と李三はひどく恐縮して、口の中でもごもごと謙遜《けんそん》してしまう。

「こちらの厨房の改築はかなり急いだから、使い勝手に不都合があれば報告して欲しい。後院と前院では距離がありすぎ、膳房と厨房の連携《れんけい》が難しいようであれば、こちらは独立して運営できるように編成する必要もありそうです。ところで、今夜の君たちの賄いはこれからですか」

「はい」

燕児たちの夕食が、いつもこのように遅い時間になっていたことに、マリーは罪悪感を覚える。

「私とマリーも、今日は遅くなってしまって、夕食がまだなのです。よければ同席させてくれると助かります」

燕児は李三に、ふたりぶんの食器と箸を追加するように指図した。

賄いの大卓に並んで遅い夕食を始めていた十人ばかりの若手厨師らは、ふたりの珍客を目を丸くして迎えた。かれらは互いに目配せをして、困惑の表情でうつむいたり、鄭から目を逸らしたりする。

「この食事が、使用人や倒座房《とうざぼう》の客に出されているわけですか」

スープや炒め物に箸をつけた鄭が訊ねる。燕児が恥じ入ったようすで答えた。他の厨師たちも、情けなさそうにうつむいてしまった。

「賄いには献立を立てられる厨師がいないんです。その日に運び込まれた材料を見て、各自が作れる料理を人数分作るのが精一杯で。だからいつも同じようなものを、とりあえずたくさん作ることしかできないんです」

「李膳房長はこちらの監督や指導に顔を出さないのですか」

「はじめのうちは、ようすを見に来たり、熟練の厨師を寄こしたりしてくれましたけど、とりあえず人数分が作れていることがわかってから、最近は――」

燕児は口ごもる。鄭が首をかしげた。

「老爺《ラオイエ》がご不在がちなのに、そこまで膳房は忙しくないはずですが」

「自分が作ったごちそうを随園老人に食べてもらおうと、熟練厨師が膳房から出たがらないんです」

若手厨師のひとりが吐き捨てるように言った。袁枚を連れてくるきっかけを作ったマリーとしては、この展開は肩身が狭い。

「だが、相手はたったひとりの老人です。一日にやたらに食べられるものでもない」

「一度でも賄い厨師になったら、膳房には上がれないからだろ」

他の者が不機嫌につぶやいた。宮廷料理を作る膳房厨師になり損ね、出世の梯子《はしご》から落ちこぼれたとでもいうように、みなひどく暗い顔している。燕児と李三も同様だ。

鄭は穏やかにうなずく。

「使用人の食事だからといって、おろそかにすることは感心できません。趣向を凝《こ》らしたり、珍味酒肴《しゅこう》をそろえる必要はありませんが、あそこの王府は使用人の食事をケチる、内情は火の車だ、などという噂を立てられては、慶貝勒《ベイレ》府の体面にかかわります。私が李膳房長と話をしてみましょう」

一同は驚きに顔を上げた。鄭凜華は上級使用人どころか、正規の官人である。地方出身の漢族とはいえ、官位を持ち皇子の側近として紫禁城にも出入りしている鄭が、雇われの料理人や使用人の食事を気にかけるなど、信じられないという表情だ。主人の秘書であれば、賄いではなく膳房から食事をとっているであろうに。

「いいんですか」

燕児がおそるおそる訊ねる。鄭は微笑を絶やさずにうなずいた。

「正直なところ、私は宮廷料理や満席料理より、庶民の味のほうが好みなんです。涼皮《リャンピー》や泡菜炒粉帯《パオツァイチャオフンタイ》を食べるために、休日には外城へ出かけて外食しているくらいなので」

北京には、地方出身の官吏のために、同郷の料理人が経営する酒楼も少なくないという。

そういえば、袁枚が食べ歩いている酒楼でも、王府では見たことのない料理が出される。

袁枚は北京の味だけでなく、北京に集まっている地方料理を研究しているのだろう。

「あ、おれ、涼皮作れます。西安に赴任《ふにん》していた親戚に作り方を教わりました」

厨師のひとりが手を上げた。鄭の笑みに喜色が加わる。

「高貴の客に出すわけではないのですから、賄いには宮廷料理で許されないような、いろんな味や料理法を取り入れるのも楽しいことでしょうね。随園老人もそちらの方が喜ぶのではないですか。あと、ここだけの話ですが、老爺《ラオイエ》は地方の料理もお好きですから、宮廷料理以外の献立も学んでおくと、あとで有利かもしれませんね」

人当たりのよい鄭の話に、燕児ら若手厨師たちの表情が明るくなる。地方の料理どころか、わざわざ外国から菓子職人を連れて帰るのが永璘皇子だ。異国の味も受け入れ、積極的に取り入れる人物が、この王府のあるじなのだ。献立から調味料の使い方まで、ひとつひとつ厳しく定められた宮廷料理ではない料理を作れたほうが、慶貝勒《ベイレ》府の厨師としては将来性はあるかもしれない。

その生きた見本のマリーが目の前にいるのだから、なおさら説得力があった。

第三話

新膳房と満漢の宴

西暦一七九一年　乾隆五六年　中秋
北京内城／長辛店村

菓子職人見習いと、杏花庵《きょうかあん》の茶会

「おまえら、仕事がうまく回ってなかったのなら、なんで俺に言わないんだ」

賄い厨房では、高《こう》厨師が額に汗を光らせ、大量の餃子を作りつつ、燕児《えんじ》を諭《さと》している。

李《り》膳房長や、高厨師のような上位の厨師は通いが多く、業務が終われば帰宅してしまう。そのため鄭凛華《ていりんか》に指摘されるまで、燕児ら賄い厨師たちが残業していることに気づいていなかったという。

住み込みの中堅厨師たちが、賄いに行かされるのを避けるために、局長や膳房長に現状を報告しなかったことも明白になり、膳房長は急いで班の編成を見直すことにしたらしい。編成ができあがるまで、高厨師が賄い厨房の采配を執ることになった。

昼ごろに前院のようすを見に来たマリーを、燕児が隅に招き寄せる。

「すごいな。鄭書童さんの一声で李膳房長が動いたのか」

顔色も少しよくなった燕児の明るい表情に、マリーはほっとする。

「鄭さんは、老爺《ラオイエ》の意向を伝えるために膳房長とはよく話すから、気安いことも言えるんじゃないかな。たぶん」

「ありがとう、瑪麗《マリー》。瑪麗が鄭書童さんにとりなしを頼んでくれたんだろ？」

燕児が芯からありがたそうに言うので、マリーは慌ててしまう。

「知恵を借りようとしただけ。まさか鄭さん本人が動いてくれるとは思わなかった」

「それでも、瑪麗のお蔭だ。厨師の誰も職を失わずにすんだ」

そんな大げさな、とマリーは思ったが、燕児は真剣だ。

「でも、あのままじゃ、そのうち誰かが過労で倒れてしまっていたでしょう。どうしてみんな黙っているのかしらって、ハラハラしていたの」

「膳房長の采配に、下っ端や新入りが異論を挟むなんて、下手すりゃ首が飛ぶ」

マリーもまた、膳房を追い出されるのが怖くて黙っていたのだから、燕児の言うことはわかる。

「鄭さんは、昨夜はたまたま石窯の設計を確認するために遅い時間に厨房に行ったら、まだみんなが働いていてびっくりした、って方向で話を持っていったそうだから、誰も責められないよ」

「おまえら、日中から堂々と物陰でひそひそ話してるんじゃねぇ」

高厨師が棒たわしで燕児とマリーの頭をトントンと叩いて叱りつける。すみませんと身を固くする燕児に、高厨師は嘆息した。

「瑪麗も、隠れて見てないで手伝え。あ、これは随園《ずいえん》先生。おはようございます」

高厨師がマリーの背後に目をやり、急に態度を改めた。マリーは驚いて振り返り、同様に袁枚《えんばい》に挨拶をする。袁枚はふたりへ鷹揚《おうよう》に挨拶を返した。

「高厨師がこちらにいると聞いてな。いま、忙しくしておいでか」

「いえ、大丈夫です。ご用件をうかがいましょう」

「大河《たいが》が見つかったので、連れてきた」

袁枚のうしろに、見慣れない青年が立っていることに、マリーは気がつく。見たところの年頃は、燕児とあまり変わらない。

「今日もお出かけされていたんですか」

マリーはびっくりして袁枚に訊ねる。朝から外出していたことは聞いていなかった。

「いや。お尋ね者になっていたことを、わしの門生から教えられて自分からやってきた」

皆の視線をいっせいに浴びた大河は、胸の前で両手を握ってぺこりと礼をする。

「みなさんにはご心配とお手数をおかけしました。陳《ちん》大河です」

爽やかな声で謝罪し、自己紹介する。袁枚が杖で大河の肘をつつきながら、付け加えた。

「北京を出て、しばらく長城から黄河沿いに旅をしていたという。どうりでいくら捜しても見つからんわけだ」

「せっかく華北まで来たので、北部や西部の料理も食べてみたいと思いまして」

大胆さを具《そな》え、好奇心に満ちた青年のようである。夏に旅をしたせいであろう、日焼けした笑顔も爽やかだ。ラインのはっきりとした奥二重の目元が印象深い。南方の訛りは強いが、しばらく袁枚の相手をしてきたマリーには難なく聞き取れた。

「お久しぶりです」

大河はマリーの挨拶に破顔し、飾らない仕草で浅い揖《ゆう》を返す。

「お元気そうですね、趙小姐《ちょうシャオジェ》。覚えていてくださって、嬉しいです」

「見つかってよかった。まだうちで働いてくれる気があるなら、さっそくだが餃子を作るのを手伝ってくれ。今日の午後に老爺《ラオイエ》がお帰りになるから、お付きの連中に食べさせる水餃子が大量にいる。侍衛どもの胃袋は底なしだからな」

高厨師がせっかちに切り出せば、大河は爽やかな笑顔にさらに清々しさを追加して袖をまくり上げる。

「ありがとうございます。もちろんやらせていただきます」

高厨師と燕児のあとを追って厨房の奥へ去る大河を見送り、マリーと袁枚は外へ出ようとした。しかし、厨房をのぞき込んでいた下女らの垣根に足を止められる。

「どうしたの、みんな」

先頭にいた年かさの下女が、ばつの悪そうな笑いを浮かべた。

「滅多に見ない美男が来たって、倒座房《とうざぼう》の下女が騒いでいたからさ」

マリーが一同を見渡すと、小蓮《しょうれん》と小葵《しょうき》の顔も並んでいる。

「大河さん？　美男かな」

目元がくりっとしたところは、むしろ可愛い感じではあったが、かといっても童顔ではなかったとマリーは思い返す。大河は挨拶の間じゅうずっと微笑んでいたので、マリーには柔らかな印象しか残っていないのだろう。大河は美男というより精悍《せいかん》な好男子で、容姿ならば、袁枚の弟子の尹丞《いんじょう》のほうが端麗《たんれい》ではないかと密かに思うマリーだ。とはいえ、尹丞は線が細すぎて、マリーの好みではない。

尹丞はあまり厢房《わきのや》から出てこないために、下女たちは顔を見る機会がなく、噂にならなかったものらしい。

小葵がこのごろ丸みを増してきた頬を赤らめて主張する。

「美男ですよ。安陵君《あんりょうくん》もかくやというほどの」

マリーが――『あんりょーくん』て誰？――と意味のわからない喩《たと》えに戸惑っていると、袁枚が嬉しげに応じる。

「ほう、これは学のある姑娘《クーニャン》だのう。魏《ぎ》の龍陽君《りゅうようくん》でも北斉《ほくせい》の蘭陵王《らんりょうおう》でもなく、華南は楚《そ》の安陵君の名を出すところに教養が滲《にじ》み出ているぞ。さすが王府ともなれば、下働きの女人までが故事に通じておる」

褒められた小葵が嬉しそうに顔を赤くしてうつむき、周囲の女たちや小蓮は唖然として袁枚と小葵を見比べる。マリーは文化的な疎外感《そがい》を感じたが、どうしようもない。

「あ、私まだ仕事の途中なので、休憩《きゅうけい》時間を過ぎても膳房に戻らなかったら、王《おう》厨師に叱られてしまいます。それではまたのちほど」

マリーはそそくさとその場を立ち去った。

膳房で忙しく永璘の帰還に備える王厨師は、マリーがたびたび膳房を空けることに不機嫌ではあったが、高厨師の意向であれば文句も言えない。弟の苦労を気にする李二《りに》から、厨房のようすを訊かれたマリーは、高厨師が効率よく采配していて、みな働きやすそうにしていたと教える。

「あと、噂の陳大河厨師が見つかって、今日から厨房に入ることになったみたい」

「へぇ」と鼻白んだような李二の反応を、マリーは怪訝《けげん》な面持《おもも》ちで見る。

「いや、本当に入ってくるとは思ってなかったからさ」

李二はちらちらと王厨師の反応を窺《うかが》いながら言った。マリーに肩が触れるほど近づき、耳元でささやく。

「いびり殺されなきゃいいがな」

「高厨師がそんなことするわけないでしょ」

外国人の自分が他の徒弟と同じように扱われているのだ。永璘の声がかりで入ってきたという点では、陳大河も『特別』な厨師であり、いかに北京の料理人が排他的だと言っても、いびり殺すところまではいかないだろう。そうマリーがささやき返すと、李二はあきれた顔で言い返す。

「高厨師の目だって隅々まで行き渡らないことは、今回の賄い問題でもわかるだろ。巴旦《はたん》杏《きょう》の騒動のときだって、一歩間違ってたらマリーも無事じゃすまなかったぞ」

喉元過ぎれば熱さも忘れるってやつだな、とつぶやきながら、李二は葱《ねぎ》を刻み始めた。

太監の甲高《かんだか》い声が、回廊を巡って永璘の帰還を告げる。膳房の厨師らは以前のように倒座房ではなく、後院の門を兼ねる過庁という建物から、嫡福晋《ちゃくふくしん》の宮殿である東廂房《わきのや》に続く回廊に並んで王府の主を迎える。並ばされたものの、永璘はまだ正門のあたりらしく、マリーたちは待ちぼうけの状態だ。

そのころには、陳大河が厨房入りしたことは膳房にも伝わっていた。すでに陳大河に遭遇していたマリーは、周囲からどんな人物か問い詰められた。

「若い厨師です。燕児さんと同じ年ごろかなと思いました。南方人は若く見えるっていいますから、もしかしたら見た目よりもおとなかもしれません。小葵が『なんよーくん』に似ているって喜んでいました」

「南陽君？　なんだそりゃ」

「あ、違いました。『らんりょーくん』です」

袁枚の言っていた他の人物の名前とごっちゃになっているうえに、発音が間違っているため、王厨師も李二も眉をひそめる。

「蘭陵王じゃねーか」

立ち聞きしていた掛炉《コワル》局のインフェイ厨師が口を出す。

「あ、ですね。でも、『らん』じゃなくて、『あん、りょーくん』だったような――袁先生が小葵を褒めるのに、いろんな美男子らしい方々の名前を出されたので、どれがどれだったか――」

マリーはだんだんと舌の回りが怪しくなってきて、小声になった。王厨師が忌々《いまいま》しそうにつぶやく。

「安陵君だな。楚の伝説的な孌童《れんどう》で、南方美男の代名詞だ」

「そんな有名な美男子なんですか、そのナンとか君」

マリーは目を丸くした。インフェイ厨師と仲のよい、茄子のように細長い顔をした素局《スー》のタイフェイ厨師も、会話に入ってくる。

「二千年も前の人間だから、誇張はあるだろうよ」

安陵君を劇場の人気俳優かなにかと勘違いしていたマリーは、見たこともない上にキリスト生誕よりも以前の人物を、美醜《びしゅう》の喩えにする清国人の感性に、ますます驚かされる。

タイフェイ厨師が不機嫌に吐き捨てた。

「つまりえらい美男子の厨師が入ってきたってことか。下女どもが騒がしいわけだ」

皿洗いや給仕の女中たちが浮き足立っている気配に、膳房の厨師たちは気がついていたようだ。

「随園老人の美男趣味で拾われた豎子《こぞう》だろうよ」

ひとりが意地の悪い笑みで吐き捨てる。

「厨師は顔じゃない、料理の実力だからな」

とインフェイ厨師。みなは一様にうなずく。

なにやら、雲行きの怪しい気配に、マリーは無意識に肩をすくめた。斜《なな》めに李二の顔を見ると、李二は眉を上げて「だから言ったろ？」といった目つきを返して寄こした。

そのころには、ようやく中院に大勢の人間が入ってくる気配がして、マリーら膳房の厨師たちもいっせいに拝礼して、慶貝勒《けいベイレ》こと愛新覚羅《あいしんかくら》永璘《えいりん》を迎えた。

下女長屋に戻れば、ここで新人厨師の話題で盛り上がっているのは小蓮と小葵《しょうき》だ。はじめは内気そうにしていた小葵は、このごろは慣れてきたのか、あるいは小蓮と馬が合うのか、部屋に戻るとずっとふたりでおしゃべりをしている。一日中鳴き止まない雀《すずめ》を飼っているようだ。

小杏は食傷気味な目つきで、年下のふたりの異様な盛り上がりを眺めていた。

「そんなに美形なの？」

まだ陳大河を目にしていない小杏に訊ねられ、マリーは首をかしげた。

「ちょっと、わからない。好みの問題だと思うけど。初対面のときは他の漢人と見分けがついてなかったから、今日、厨房で再会してはじめて、ああ、こういうひとだったっけ、って思ったかな」

つまりは、マリーにとってはまったく印象に残らない顔立ちであった、ということだ。

小杏はマリーと小蓮たちの温度差に噴き出し、腹を抱えて笑った。

「まあでも、小蓮の対象が老爺《ラオイエ》から新人厨師に移ったのは悪くないわね。前院厨房での皿洗いに、張り合いもでることでしょうよ」

小杏の少し見下した口調に、マリーは相槌をためらう。小蓮もその響きを敏感に感じ取り、小杏に食ってかかった。

「高貴なお血筋の老爺《ラオイエ》と、南方漢人の新人厨師を同列に並べるなんて、自分の発言の不敬さがわからないの？」

「そのやんごとない老爺に、不敬な憧れを捧げているのはどっちよ」

憧れを抱くだけなら、不敬でもなかろうとマリーは思ったが、口には出さない。小蓮の物言いに、陳大河の容姿の麗《うるわ》しさを持ち上げながらも、同時にかれの出自を嘲《あざけ》るような響きを聞き取ったからだ。自らも余所者《よそもの》であるマリーの頭のうしろで、警鐘が鳴ったような気がした。

——あ、いやだ。

不意にマリーはそう思った。

部屋の空気が、以前と変わってしまったのだ。それは小菊が去って、小葵が入ってきたからではない。王府全体の空気が、去年のマリーが勤め始めたときとすっかり変わってしまい、その波が下女部屋にも押し寄せているのだ。

厨房の編成が変わったことが一番大きいのだが、袁枚が逗留し、陳大河が勤めることになり、厨師だけでなく使用人たちもまた、変化していく王府の空気に不安になっている。変化を起こすのは外から入ってくる異端の分子であり、容易に排斥《はいせき》されるものだ。著名人の袁枚がいる間はともかく、陳大河がひとり残されたらどんな嫌がらせを受けるのだろう。自らも異端分子であり、不快な嫌がらせに耐えてきたマリーは唇を噛む。

すぐにでも永璘に会い、それがだめなら鄭に話してこの不安を解消して欲しかった。

——鄭さんなら、なんて言うだろう。でも、鄭さんはいつか王府を去るひとだから、あまり気にしないかも。

マリーは目を閉じてみた。鄭凜華の常に温和な面影《おもかげ》を瞼《まぶた》の裏に浮かべる。人当たりの柔らかさと、見た目の線の細さでは尹丞《いんじょう》とさほど変わらないが、あれで山賊や暴徒を怖れず、落ち着いて短銃もマスケット銃も使いこなす。

『陳厨師は、マリーとは違いますよ。家族のいる故郷があり、そこには、王府を辞めようと思えばいつでも帰れる土地も家もあり、清国のどこに行こうと、仕事に困ることはない。むしろ、もっとも排他性の高い北京の、それも王府で働こうという気概の持ち主ですから、マリーが心配することはありません』

と、鄭なら言いそうであった。

マリーの口元に静かな笑みが浮かぶ。

昼間の挨拶で、陳大河がマリーに向けた笑顔を思い出した。永璘との口約束だけを信じて北京にやってきたものの、門前に至る前に拒まれ、しかし挫《くじ》けずに地方の料理を学ぶ機会と考えて放浪の旅に出る若者。

美醜は気にならなかったが、その瞳の輝きとへこたれない笑みは本物だったな、と思い返す。

王府の前途に垂れ下がっているのは暗雲かもしれないが、それはひとつの家庭と職場で起きていく変化であり、これだけ大勢の人間がひとつところに暮らしているのだから、避けられない変化だ。あるじである永璘自身が、立場が変わり責任が増え、やがて家族も増えていく。マリーは職人として独立するなり、あるいは帰国するなり、いつかは王府を去るであろうし、鄭凛華も陳大河も同じ立場だ。

意図的に王府の秩序をかき回したり、不要な対立を招くことは避けたい。しかし同時に、鄭のように中立の立場から、先祖代々から続く主従のしがらみや、お金や身分の問題でこ　こより行き場がないために、問題を抱えていても動けないひとたちの助けになることはあるだろう。

そして、なによりもマリーの心を占めている問題は、自分が清国に居られる間にどうにかして永璘の才能を解放したい、ということだ。そのためにも、永璘の絵の何が乾隆帝の心を乱すのか、突き止めたかった。

誰にも本心を明かすことのない皇帝の胸の内にその答がある以上、どう考えても不可能な望みではあったが。

マリーが永璘の正房《おもや》に呼び出されたのは、翌々日の午後であった。

いつもであれば、膳房で作られた午後の点心は近侍の太監が正房へ運ぶ。マリーが永璘のために作る西洋の菓子も、太監の黄丹が持って行くので、永璘が杏花庵に足を運ぶか、マリーが正房に呼び出されない限りは、ふたりが顔を合わせることはない。

そして正房《おもや》への呼び出しについては、ほぼ業務関係の通達になるので、上司の高厨師か秘書の鄭凛華が同席するため、ふたりきりで話すことはまずなかった。

永璘のほうでも、ふたりの関係が男女の仲であると周囲に邪推《じゃすい》されないよう、気を遣ってくれているのだろうと、マリーは推測している。

しかし、ふた月あまり前に正房の東耳房《とうじぼう》にまで呼び出され、小言をもらう羽目になったために、また詮索好きな使用人たちに根も歯もないことを陰で言われていたようだ。東耳房の書斎は妃《きさき》たちも鈕祜祿《ニオフル》氏をのぞいて入ることを許されない永璘の私室なので、その空間に入ることを許されたマリーの立場は、慶貝勒府《ベイレ》においては実に曖昧《あいまい》なものであった。

そのお蔭で、文字通り毛色の異なるマリーに対する表だった意地悪や嫌がらせなどはないのだから、それはそれでいいかとマリーは考えるようになっていた。

正房の炕《かん》に座り込み、卓に積み上げられた冊子のひとつを手に、頁《ページ》をめくっていた永璘は、高厨師とマリーが居間に通された気配に顔を上げた。

高厨師は両袖の折り返しを打ち下ろして片膝をつく打千礼《だせんれい》という、満族男子の拝礼、マリーは重ねた両手を片方の腿に置き、膝を折って腰を落とす女子の請安《せいあん》礼で主人のご機嫌を伺う。マリーにとっては、何度も練習してすっかり板についた清国の作法だ。

「立ちなさい」

永璘は冊子を左手に持ったまま鷹揚に命じ、高厨師とマリーは立ち上がる。

「膳房には慣れたか」

「は、だいたいのところは順調に回っております」

高厨師はかしこまって下問に答える。

「うむ。昨日の李膳房長の報告では、前院の厨房と膳房を回すのに厨師が足りないということで、少し早いが普請中の漢席膳房に応募してきた厨師を数人、雇い入れることにしたと聞いた」

「はい。そして、各局の第二厨師が日替わりで前院の献立《こんだて》を監督することになりました。ただ、日替わりで監督が替わりますと、それぞれのやり方に若手厨師が混乱して効率が下がったために、三日おきに交代することを検討中です」

本来ならば、膳房や賄いの人事など、王府の主の耳に入れるほどのことではない。しかし、膳房の拡張が永璘の声がかりであるために、膳房の運営と人事について詳細に報告するよう、李膳房長は執事を通して命じられていた。そのように執事を動かしてくれたのも、鄭凛華であろうとマリーは察している。

「漢席の厨師は、古参の厨師とうまくやっているのか」

陳大河のことを言っているのだろう。

「まだ三日ですので、様子見といったところです」

「落ち着いたら、杏仁羹《あんにんかん》を作るように伝えておけ」

永璘は高厨師からマリーに視線を移しながら命じ、高厨師は少し驚いた顔で「是《ぜ》」と応じた。マリーもまた驚きを隠せずに、許可を得ずに口を開いてしまう。

「杏仁のお菓子ですか。杏の種は、毒があるということでしたが」

「苦杏仁《くきょうにん》には毒があるが、量によっては咳を鎮《しず》める薬にもなると話したことがあったろう？　北京に帰還する途中の江南で食べた、白い豆腐のような甜心《てんしん》を覚えているか」

マリーは旅の間に食べた菓子と、アーモンド騒動の折に鈕祜祿《ニオフル》氏の廂房《わきのや》で交わされた会話を思い出した。

「ブラン・マンジェのようなお菓子ですね」

つい最近作ったばかりだが、杏仁羹はもっと杏仁の香りが強く、舌の上で溶けていくようなするりとした食感であった。

「甜杏仁《てんきょうにん》といって毒はなく、苦みの少ない杏仁もあるのだが、それでも砂糖や獣乳を加えて味を調《ととの》えなければ、とてもではないが口にできるものではなかったらしい。袁枚の著書では、飲み物の『杏酪《あんらく》』が紹介されているように、江南では千年以上も昔から飲食に用いられてきたようだ」

永璘は手にしていた冊子を開いたまま、高厨師に差し出した。袁枚による幻のレシピ集『随園食単』のようだ。高厨師によれば、まだ未定稿の写本しか出回っていないということだから、永璘はどこかから借りてきたのだろう。マリーは写本でない稀少《きしょう》な零《れい》版を袁枚からもらったことを、永璘に話していなかった。

高厨師は、永璘に示された頁に目を落として読み上げる。

「『杏《あんず》の種を搗《つ》いて漿《しる》となし、渣《かす》を絞り去り、米の粉を拌《ま》ぜ、砂糖を加えて煮る』ですか。

風邪薬《かぜ》として飲むのなら、葛湯《くずゆ》みたいなものですね」

永璘が幼いころ風邪をひくと、康熙帝《こうきてい》や乾隆帝《けんりゅうてい》が南巡から連れ帰った料理人の作った杏仁羹や杏仁茶が、母妃の宮に送られてきたこともあるという。

「杏仁は扱いに注意の要《い》る生薬《しょうやく》で、食べがたいほどの苦味があることから、扱える厨師はなかなか増えないようだ」

マリーはふと、地方の料理を出すという外城の飲食店について、鄭凛華から聞いた話を思い出し、口を開いた。

「案外と、城下の屋台や茶楼では普通に売ってるかもしれません」

永璘と高厨師の視線が自分に向けられたことで、上司と主人の会話に割って入ってしまった無礼に思い至り、マリーは両手で口を覆った。首をすくめるようにしてうつむく。

永璘は思い出したようにうなずき返す。

「そういえば、随園老人の食べ歩きにつき合わされていたと雨林《うりん》から聞いていたが、杏仁羹もどこかで食べる機会があったか」

そのまま会話に加わっても問題はないらしい。マリーは高厨師の顔色を窺いながら返答する。

「杏仁羹は見ませんでしたが、王府では見たことのない料理はいくつかいただきました。清国の官吏は全土から北京に集まっているので、下町に行けばかれらが故郷の味を楽しめるような店が、けっこうな数あるそうです。話を聞いただけですが」

「ふむ」

永璘の目がきらりと光ったような気がしたが、マリーは見なかったことにした。高厨師も同じように感じたらしい。困惑気味に口元をひくつかせ、意見は差し挟まなかった。

「興味深い話だが、侍衛や近侍を引き連れて外城を歩き回るのも庶民の邪魔になる。せっかく王府内に漢人の厨師がいるのだから、まずはその者にいろいろ作らせればいい。ところで」

いままでのは単なる雑談であったようで、永璘は冊子を卓に置いてふたりに向き直った。

「まもなく中秋節《ちゅうしゅうせつ》だ。当家で出す料理については李膳房長にはすでに伝えてあるが、諸王府への贈答品については点心局が中心になる。高厨師にも何を作るかはよく考えを練って欲しい。月餅《げっぺい》ひとつとっても、今年は北式、南式、洋式と三種類作るといったようにな」

「かしこまりました」

高厨師は即答する。

「マリー、厨房の洋式石窯は間に合いそうにないが、杏花庵《きょうかあん》で作れる工夫を頼む」

マリーもまた、高厨師と同じ作法で永璘の命に応じた。

また、長く先送りになっていた、袁枚を客とした茶会についての打ち合わせも終えた。膳房へ戻ってから、王厨師と李二を交えて高厨師がことの次第を説明する。話を聞いた王厨師は不満そうだ
「老爺《ラオイエ》の正房《おもや》でもこちらの廂房《わきのや》でもなく、西園の杏花庵で茶会を開くのですか」

マリーの縄張りといった趣《おもむき》の杏花庵で茶会を催されては、膳房の厨師としては出番がない。王厨師にしてみれば、自分の見せ場がはじめからないことに納得がいかないのだろう。

「庭園造りでは定評のある随園老人が、この王府の西洋菓子に興味を持って上京してきたんだから、西園の洋風茶房で茶会をするのが、双方にとって堅苦しくなくていいだろう」

高厨師の丁寧な説明に、王厨師はそれ以上の反論は差し控えた。

高厨師の、配下の意見や疑問を聞き、それに応えてくれるところがマリーは好きだ。

清国に限ったことではないが、上役が配下の疑問に細かく答え、不満をなだめることはあまりない。配下の質問に答えていちいち状況を説明したり、不平や反論に耳を傾けることは、自分の権威を否定されたような気になるらしい。

マリーが勤め始めたころの高厨師も、あまり細々とした説明をする方ではなかった。しかし、右も左もわからないマリーには、清国人ならば言わなくてもわかるであろうことまで、手取り足取り教えなくてはならない。その勢いで、他の部下への指図や、徒弟の指導もまた細やかになっているのだろう。とはいえ、そのことで自分が侮《あなど》られていると不快に受け取ったり、説明を面倒臭がったりせず、わかりやすく教えてくれるのは、もともとの高厨師の人柄からきたものであろうとマリーは断言できる。

厨師として優秀であるということと、その技術とレシピを後進に教えるということは、別々の才能や能力が必要なのだと、マリーは他の厨師と高厨師を比べて思うのだ。

——高厨師が上司でよかった！

思わず微笑が口元にこみ上げるマリーを、王厨師は見逃さなかった。小さな舌打ちが聞こえる。茶会の花をマリーに奪われたことで充分に腹立たしいところへ、自分が馬鹿にされたと受け取られたかもしれない。

——違うのに！　もう、どうして間の悪いときににやけちゃうの私の顔！

「どちらにしても、随園先生は杏花庵には何度も出向いているから、特別な支度の必要がないのは、俺たちにとってもありがたいことだ」

中秋を前に、慶貝勒《ベイレ》府の『顔』となる点心を大量に作らねばならない点心局は、それこそ大忙しなのだ。気まぐれな旅行者の相手だけをしている暇はない。

そう諭されれば、王厨師に異論のあるはずがなかった。

李二がおずおずと口を開く。

「中秋って、今年はどれだけ月餅を作ればいいんでしょうか」

高厨師はむちむちとした円い指を折りながら、親交のある王家を数え上げる。

「今年になってから代替わりした鉄帽子《てつぼうし》王家はなかったな。七親王の王府へは、去年までと同じ数でいいだろう。老爺《ラオイエ》の渡欧前後に薨去《こうきよ》された恆《こう》郡王には、娘ばかりで嫡男がいなかったが、誰か養子に入ったはずだ。ふつうに降爵していれば恆貝勒府になるはずだが、ごたごたして貝子《ベイツ》まで下がっている」

マリーの脳裏に、いつか小菊と訪ねた胡同《フートン》の占い師の言葉が蘇った。『晩年《なか》に親王と縁がある』という予言だ。占い師が小菊の病と結婚について語ったことが半ば実現したことを思うと、自分に対して為された予言にも信憑性《しんぴょう》が高まってくる。

「親王様って、七人もいるんですか」

思わず口を挟んでしまったマリーは、自分に集まった視線に後悔する。

「あ、すみません。皇帝の次に高貴だという親王様方が、そんなにたくさんおられるのかと、びっくりして」

王厨師はひどく顔をしかめたが、高厨師は嫌な顔もせずにマリーの問いに答える。

「鉄帽子王家の親王は七人だが、皇上の代に封爵された成《せい》親王と嘉《か》親王を合わせて九人になる。鉄帽子っていうのは、子孫がずっと初代の爵位を相続できる世襲王家のことだ。特に功績のあった皇族が賜《たまわ》る」

マリーは手を上げてふたたび質問する。

「成親王様と嘉親王様は、鉄帽子じゃないのですか」

「いまのところは世襲王家ではないが、先のことはわからんな」

もう少し詳しい話を聞いてみたかったが、本題から逸《そ》れては王厨師の苛々《いらいら》が高まるだけでなく、時間も無駄に過ぎる。

それにしても、吝嗇《けち》で陰険な成親王の永瑆《えいせい》や、欧州嫌いでマリーを追い出したい嘉親王の永琰《えいえん》みたいなのが、まだあと七人もいるのだ。噂話では聞いていたが、かれらが実在していて、この北京のあちらこちらに王府を構えていることを、あらためて実感したマリーは暗澹《あんたん》たる気持ちになった。

茶会の日は嬉しいほどの晴天であった。むしろ陽射しが強いために、マリーは黄丹《こうたん》に頼んで日除《ひよ》けを張ってもらう。日除けの下には卓と榻《とう》が並べられており、戸外で茶菓を楽しむ趣向だ。

茶房ができるまでは、質素なだけの田舎家であった杏花庵だが、いまでは庭園の草花や花樹、季節の風景を茶菓とともに楽しむための設備が加わっている。以前は、池の上に渡された橋の中央の四阿《あずまや》へ、厨房から茶や点心を運ばせていたという。人数をもてなしたり、永璘一家が総出で庭園での食事を楽しむときは現在もそのようにしているが、妃が気まぐれに散策に出たときに、ふらりと立ち寄って休憩できるよう、杏花庵も開放されていた。

この日に作るのは、永璘の好きなふわりと柔らかな食感のマカロンと、サクサクとしたフロランタン。量が手に入りにくくなってきたバターやクリームを無駄なく使えるレシピに頭を痛めた結果、思いついた組み合わせだ。

そして残暑の午後には冷菓も用意すべきと、締めは涼しくプルプルと震えるブラン・マンジェ。

「アーモンド尽くしね」

どのレシピも大量のアーモンドが必要だ。和孝《わこう》公主が帰京したお蔭で、アーモンドがたくさん入手できた。

まずはフロランタンの土台となるビスキュイ作りから。

室温に置いたバターを攪拌《かくはん》してクリーム状にし、砂糖を加えてさらにすり混ぜる。溶き卵を少しずつ加えて、ふるった小麦粉を切るようにして混ぜてゆく。まとめた生地が乾かないよう、濡れ布巾を載せて涼しい所に寝かせ、その間に水に浸しておいたアーモンドを砕いて擂《す》り潰し、ブラン・マンジェのためのアーモンドミルクを作る。

調味してゼラチンを溶かしたアーモンドミルクを型に流し入れ、井戸に吊るして冷やし固めている間に、フロランタンの土台をオーブンで焼き上げる。スライスしておいたアーモンドを乾煎《からい》りして鍋から取り出す。同じ鍋でバター、砂糖、蜂蜜、生クリームを煮詰めてキャラメルを作る。乾煎りしたアーモンドを鍋に戻してキャラメルと絡め、手早く土台のビスキュイの上に広げて伸ばし、オーブンに戻して黄金色《こがね》になるまで焼く。

「さて、ここからが本番よ」

マリーは気合いを入れて、最後に北堂の礼拝に行ったときにアミヨーにもらった『魔法の石』を取り出した。

「父さんのレシピにはちゃんと書いてあったのに。読めない単語だったから見過ごしてた。もっと熟読しなくちゃ」

それからマカロンを焼いて、永璘と袁枚の到着を待った。

午後の鐘が鳴ってしばらくしてから、陳大河に付き添われて袁枚がやってきた。

「お招きに与《あずか》って来ましたぞ」

今日も袁枚はご機嫌だ。陳は爽やかな笑顔で会釈する。

「陳さんは、今日はお休みなんですか」

マリーは会釈を返して訊ねた。

「雇っていただいたお礼を貝勒《ベイレ》殿下に申し上げたいと言って、上司に許可をもらってきました。新人がお目にかかれるお方ではないとは承知していましたが、おれごとき新米の厨師のことを覚えていてくださったことへの感謝を伝えないのは、かえって無礼ではないかと思いましたので」

マリーが菓子を並べている間に、黄丹は茶を淹れる。紅茶を出すのは永璘が来てからだ。

袁枚も陳大河も、彩りの美しいマカロンと、金茶色の艶やかなキャラメルに覆われたアーモンドスライスのお菓子を眺めている。永璘が来るまでにつまめるように、チョコレートをからめ、カカオ粉末をまぶした乾煎りアーモンドを小皿に盛って出した。

「これは、扁桃《へんとう》か」

袁枚はアーモンドをひとつ摘《つま》み上げ、軽い驚きを込めて言った。

「ご存じでしたか。老爺《ラオイエ》は『巴旦杏《はたんきょう》』という名だと教えてくださいましたが、清国では手に入れるのが難しいそうです」

袁枚の博識さに、マリーは感嘆の声を上げた。

「たしかに食材としてはあまり出回ってはおらんが、扁桃の花は絵画の題材として描かれている。珍しい果樹ではない。巴旦杏では李《すもも》と混同してしまうから、扁桃と言えば求めやすかったかもしれんな。しかし、食用に栽培する農家はあまりないのう。杏《あんず》や李と違って果実が食べられんし、鑑賞用なら桃や杏で事が足りるためか、人気がない」

「西欧では、アーモンドを使わないお菓子の方が少ないんじゃないかってくらい、人気があるんですけど」

「苦扁桃、つまり巴旦杏の苦い種には、杏仁と同じように鎮咳《ちんがい》効果があるとされているが、それならば実も種も使える杏仁が、すでに大量に栽培されている」

「言われてみれば、種しか食べられない果樹よりは、実が食べられて種が薬になる方を育てますよね。フランスでは、杏は高級品でしたけど」

マリーは素直に納得した。

博物学にはまったく明るくないマリーには、よく似た同じ種類の果樹としか思えないアーモンドと杏の原産地が、それぞれ大陸の反対側であったことなどは想像の外だ。そしてそれぞれの種がユーラシア大陸を交差するように伝播《でんぱ》してきた時の長さやずれも、知ることはない。ただ、清国では鑑賞用の庭木として育てている家もあると袁枚が語ったことに、野生のアーモンドもきっとその辺に生えているかもしれないと、マリーは勇気づけられた。

そういうことならば、永璘に頼んで苗を手に入れることもできそうだ。

しかし、苗から育てた果樹が実をつけるのに、三年以上の時を必要とする。アーモンドの花が咲き実を結ぶまで、この王府で働き続けることができるのだろうか。

マリーは神妙な気持ちになって、チョコをまとったアーモンドに目を落とす。

「どれ」

袁枚は怖れる気配もなく、チョコレートアーモンドを口に入れた。歯に問題はなさそうで、ボリボリと音を立てて食べる。

「うむ。甜扁桃であるな。砂糖などかけずとも、種に甘みがある。が、このねっとりとした黒飴《くろあめ》と、まぶした苦い粉との風味とよくあっておるわ。これはどういう食材かな」

「南アメリカ大陸のカカオ豆という木の実を挽《ひ》いて粉末にしたものです。カカオ豆にはとても滋養があって、粉末を練ったショコラという飲み物は、その大陸では神の飲み物とされ、王侯しか飲めなかったそうです。百年前にはヨーロッパに入ってきましたが、そのままでは苦くてヨーロッパ人の口には合いませんでした。それで、砂糖やミルクを混ぜて飲んだり、お菓子に入れるようになったんです」

「ほう、滋養が」

袁枚はにっこりと笑ってふたつめのチョコレートアーモンドに手を伸ばす。マリーは陳大河にも勧めた。大河は軽く礼を言って、ひとつ摘《つま》む。

「杏仁ほど強い匂いもないですね。これは煎って水分を飛ばしたからですか」

ふたりとも物怖じせずに見慣れない食材を試す。マリーは嬉しくなり、うなずきつつもうひとつの器も差し出した。

「カカオ粉が足りなかったので、こちらが乾煎りしただけのアーモンドです。アーモンドの味を知ってもらうなら、こちらですね」

袁枚と大河は、差し出された器から摘み上げたアーモンドを、ひとつずつ口に入れてかみ砕いた。

「これはこのままでも滋味がある。甜杏仁でも多少は苦味があるというのに」

「アーモンドは生でも煎っても使います。生アーモンドから絞ったミルクで作ったブラン・マンジェが中華の杏仁羹《あんにんかん》と似ていると老爺《ラオイエ》がおっしゃっていたので、それも作ってみました。いま、冷やしてあります」

「それは楽しみだ」

袁枚と大河は顔を見合わせて笑みを交わした。

黄丹が卓に置いた茶を口に運ぶ大河に、マリーは厨房の仕事には慣れたかと訊ねる。

大河は日焼けした笑顔に白い歯をのぞかせて答える。

「やり方や手順がいろいろ違うので戸惑いますね。北京には北京の味付けがあって、厨師や厨房によって決まり事は異なります。でも、海の向こうの遠い国からきた瑪麗《マリー》さんほどには、苦労はしていないはずです」

「そういえば、大河さん、北京の漢語がお上手ですね。二年前に話したときは通訳が間にいたように覚えています」

「慶貝勒《ベイレ》殿下のお言葉をいただいてから、この日がくると信じて随園先生から習っていたんです」

マリーは袁枚に視線を移し、若者と老人を見比べて納得した。袁枚がわざわざ大河を捜しに来たのは、大河の両親に頼まれたという事情に加えて、大河がかれ自身の弟子でもあったからのようだ。

雑談が盛り上がりかけたところで、黄丹が立ち上がった。

「老爺《ラオイエ》がお通りになります」

それを合図に、みな一斉に立ち上がり、そしてこちらに向かってゆるゆると歩いてくる永璘に膝をついた。ただ、袁枚と大河は満族の打千礼である片膝ではなく、両膝をつき、握った両手を顔の前まで掲げて上体を深く前に倒す揖礼《ゆうれい》を捧げた。

艶のある青い絹に、銀糸で唐草模様の刺繍を施した、いつにも増《か》して華やかな長袍《チャンパオ》という貴公子然とした装いで、永璘は秋の西園に現われた。背後には何雨林と鄭凛華、そして近侍の太監がひとり控えている。

「立ちなさい。袁先生は跪《ひざまず》く必要はない」

そう命じると、永璘は空いた榻《とう》のひとつに腰を下ろした。袁枚にも、榻に腰かけるように付け加える。

袁枚は永璘に謝意を表し、自分の榻に座った。

杏花庵の卓も椅子も、鄙《ひな》びた家屋の佇《たたず》まいに合わせて簡素な作りだ。身分の差がまちまちな人間の集まった茶会は肩肘張らなくてすむとはいえ、着席しているのは永璘と袁枚だけである。

永璘は不在がちであったために、満足に会話の場を持てなかったことを詫びた。袁枚は南方の訛《なま》りを拝した流暢《りゅうちょう》な北京官話で、もてなしが充分であったことを感謝した。さらに陳大河を雇い入れてくれたことの礼を言う。大河は前に出て、師とともに感謝を述べる。

永璘は、大河が江南で会ったときよりも大人びた印象になったと言って、早く北京の水に馴染むように督励《とくれい》した。

大河が袁枚の背後に控えるのを待って、マリーはマカロンとフロランタンを置いた皿を永璘と袁枚の前に置いた。フランスから持ってきたとっておきのティーセットを出し、ポットに紅茶を淹れる。永璘と袁枚は、口の広いティーカップに注がれた、ルビーのように鮮やかな紅茶の色と香気を楽しんだ。

「今日のマカロンは白か」

好物なのに材料が手に入りにくい菓子が出された永璘は、上機嫌で訊ねる。

「久しぶりに作ったので、失敗しないように定番のバニラにしました。挟む餡《あん》はクレーム・シャンテとショコラの二種類です。卵白を角が立つまで泡立て、粉に挽いたアーモンドを混ぜて焼き上げたお菓子です。こちらはフロランタンといって、アーモンドをスライスしてビスキュイに重ね、キャラメルで覆ったお菓子です」

永璘はアーモンドに関する騒動を、袁枚に語って聞かせた。袁枚と大河は興味深く耳を傾け、マリーが謹慎となったところでは、同情の視線をマリーに向けた。

「だが、それがきっかけで洋風の石窯を備えた茶房を造ることができたのだから、あながち災難ばかりとは言えまい」

永璘は片手を上げ、自慢げに杏花庵を示した。

「職人を連れ帰れば、帰国しても洋行で気に入った菓子を食べられるかと思ったが、マリーはどちらの菓子も石窯でなければ焼けぬと言う。材料にしても道具や設備にしても、国が変わると異なることが多い」

すでに茶房の中を見学していた袁枚は、構造や使い方もマリーから説明を受けていたこともあり、永璘の話をうなずきながら聞いている。大河は初めて杏花庵を訪れたせいか、菓子を焼く石窯なるものが気になるらしく、ちらちらと杏花庵に視線を泳がせた。

王府に来てから、永璘が身内や使用人以外の人間と話しているところを初めて見たマリーは、新鮮な気持ちでふたりのやりとりを眺める。

「公務にかこつけて異国をさすらう機会を得、仮にではあったが、『衣冠ヲ著《ツ》ケザル　無官ノ樂シミ』を二年近く味わった身としては、禄《ろく》に頼らぬ袁先生の風流三昧《ざんまい》にいっそうの憧れが止まらぬ」

袁枚は皺の多い顔をさらにくしゃりとさせて、困惑と喜色の入り交じった笑みを返す。

「何十年も前に書き散らした、若気の至りをいまさらあげつらわれては、恥ずかしいばかりでございますな。我が身の自由を望み官職を抛《なげう》ち、禄を失い口に糊《のり》する暮らしを家族に強《し》いたことは、自慢にできることではありません」

マリーは永璘の正房《おもや》の卓に積み上げてあった書籍が、袁枚の著作を集めたものだったのだとこのとき気がついた。袁枚は食通で有名ではあるが、それ以上に詩人としての名声が高く、若くして退官してからは、売文で生計を立ててきたのだという高厨師の話を思い出した。永璘は家に招いた文客の著作を読み込んで、その詩の感想をさりげなく我が身の体験に寄せて言及したのだから、袁枚は嬉しかったことだろう。

仕えてきた主人に、存外に抜け目のないところがあることを知って、マリーは感心する。

二十代の前半で超難関の科挙に受かり、成績優秀な者だけが選ばれる翰林院《かんりんいん》に配属された超エリートであった過去を証明するかのように、永璘に対する袁枚の物腰は恭《うやうや》しく、官僚時代に使いこなした北京官話を滑らかに話し、その言葉遣いには教養があふれていた。

市井《しせい》で蝦蟇口《がまぐち》の餡焼きをぱくついたり、外城の茶楼で野趣あふれる餡かけの麺類や、包子《パオズ》で頬を膨らませ舌鼓《したつづみ》を打っていた好々爺《こうこうや》はどこかへ消え失せたようだ。

一方の永璘もまた、一国の皇子然とした鷹揚な態度に、長老への敬意が込められている。

どこか芝居がかったふたりのやりとりに、マリーは永璘の通訳を務めてヴェルサイユを訪れたときのことを思い出す。トリアノン宮殿の庭園で非公式に行われた清国の皇子とフランス王妃との、双方に対する敬意と距離を保ちつつ、それでいて親近感を滲ませる交流は、一庶民のマリーの瞳にはキラキラとして映った。

もっともその頃のフランスには、王室の栄華を国の権威として誇り憧れるよりも、国民に肩にのしかかる王室の浪費を恨みに思う市民の数が、はるかに多かったのだが。

袁枚は永璘に訊ねられるままに北京料理を批評し、慶貝勒《ベイレ》府の庭についての感想を述べ、また南京の暮らしや随園の景観や様式について答える。袁枚は永璘が生まれる十二年も前に退官して廃園を購入し、隠遁《いんとん》生活に入ったという。

「荒れ果てた随氏の旧別荘を、ようやく住めるようになるまで修繕するのに、十年以上の歳月がかかりましたが、そこから理想とする故郷の杭州《こうしゅう》は西湖《さいこ》の景観を映した庭園を作り上げるまで、二十年かかっております」

「そのように心の内にある庭を造り育てて一生を過ごすのも、一興であることだな」

永璘は袁枚がその生涯をかけた随園の経営について、熱心に耳を傾けている。そして、話題は永璘の構想する満漢膳房の運営に移り、袁枚の意見や助言を求めた。

鄭凛華はその会話を記録するために卓に着座を許され、忙しく筆を走らせる。

マリーは杏花庵に戻り、ブラン・マンジェの仕上げにとりかかる。

厳選した完熟桃の皮を剝《む》き、細かく擂りおろして裏漉《うらご》しする。たっぷりの果汁が取れたら、冷やしておいた陶器に注ぎ入れる。その上に氷を入れた銅のボウルを置き、砕いておいた白い石を入れて、静かに掻《か》き混ぜる。銅のボウルは急速に冷え、素手では触れなくなっていた。陶器の中の果汁がみるみる凍っていくのをそばで見ていた黄丹は、目を丸く見開き、顎《あご》が外れそうなほど口を開けて呆然とマリーの手元を見ている。

「どういう仕掛けですか」

マリーはにっこり笑って、手元の石を指した。

「『魔法の石』。漢語でどういうのかは、知らないの」

シャーベット状になった桃の果汁が融《と》けないように、マリーはさらに氷を作って盆の上に並べ、その上に冷やした漆器を並べた。桃のシャーベットを器に広げ、その上にブラン・マンジュを盛り付ける。

マリーは永璘と袁枚の会話を途切れさせないよう、ふたりの後から冷えたブラン・マンジェをそっと出した。

「アーモンドミルクで作ったブラン・マンジェと、桃のソルベです」

「今日は巴旦杏尽くしだな」

永璘は興味深げにブラン・マンジェを眺め、匙《さじ》でひと口分すくい上げる。匙の上でプルプルと震えるようすを楽しんでから、口に入れた。

「杏仁羹よりも、もたりとした感じだな」

永璘の感想に、袁枚はうなずき返す。

「舌の上で、とろりと蕩《とろ》ける感じですが」袁枚はそう応じて、マリーに訊ねる。

「寒天《かんてん》ではないようだが、凝固《ぎょうこ》させるのに何を使っているのかね」

「ゼラチン、ええと、漢語では『明膠《ミンジアオ》』ですか」

マリーは袖口から書き付けを引っ張り出して、袁枚が読めるように見せた。発音を間違えるとまったく別の何かになってしまうので、マリーは発音し慣れない単語は相手に見せることができるよう、書き付けておくことにしている。

「滷凍《ルードン》になるあれか」

袁枚は陳大河へと振り向いて訊ねる。

「はい、豚足を煮て肴肉《ヤオロウ》を作り、煮汁を冷やし固めたのと同じものです」

「しかし、あれはもっとしっかりプルプルとしていたが。これは口の中で溶ける」

袁枚は大河を招き寄せ、匙にすくったブラン・マンジェを試食させる。大河は舌の温かみで溶けてしまうブラン・マンジェに微笑して答えた。

「混ぜ合わせるものや、その配合率によって食感も変わるのではないでしょうか」

「肉や野菜を寄せてアスピックという前菜やサラダを作るときは、煮汁にさらにゼラチンを追加して、固めに仕上げます」

マリーもうなずいて付け加えた。

袁枚は覚え書きを取りたくてたまらなそうに指をピクピクさせていたが、永璘の前をはばかって鷹揚にうなずき返した。

「盆の氷はともかく、この桃は砕いた氷を果肉と混ぜた氷果ではないな。果汁そのものだ。どうやって凍らせたのか」

永璘の驚きを見て、マリーは心の中で得意になった。袁枚も桃の果肉をすりおろした濃厚なソルベを口にして、言葉をなくしている。

氷は氷商から買えるが、果汁そのものを凍らせることはできない。

マリーはちらりと大河を流し見て、永璘に微笑みかける。

「同業者の前で種明かしはしたくないです」

などと、いっぱしの厨師のような口を利いてみた。永璘は生真面目な顔で問い詰める。

「膳房に氷庫を作り損ねたせいで、氷を蓄えることができなかった。阿紫《あじ》が急に熱を出したときに、マリーが氷を作れることを知っていれば！」

「公主さまが？　いつのことですか」

マリーにとっては寝耳に水だ。御殿の中で起きていることなど、膳房にも下女部屋にも届きはしない。届いたときは、事件も出来事も、すでに終わっている。

マリーはあたふたと杏花庵に戻り、一握りの石を持って出てきた。永璘に手渡す。

「硝石《しょうせき》？」

掌に載せられた石を見て、永璘は絶句した。永璘の手元をのぞき込んだ袁枚も、驚きの声を上げる。

「湯を氷に変える技なら、聞いたことがある。わしが翰林院《かんりんいん》に入る何年か前に、宣教師が朝廷の要人と翰林院の学生たちを前に、真っ赤な炭火のそばで、湯を凍らせるという実験をしてみせたことがあるという。その宣教師は種を明かさなかったらしく、誰も仕掛けについては知らないままであった」

永璘は興奮と苛立ちでかぶりをふった。

「それはいったいいつのことか！　五十年前！　もっと前か。それほどの時間、我が国の精鋭たちは燃える火の側で氷を作る西洋の技を学び得なかったとは！」

永璘はあきれて物も言えないと、硝石を握りしめ、榻《とう》に座り込んだ。

「あの、私もつい最近まで知りませんでした。あちらのホテルではまだ教わっていなくて、父のレシピ集に氷菓の作り方はあったのですが、知らない単語だったので読み飛ばしていたのです」

「こんな身近なもので、氷が作れたとは。氷庫など建てずとも、硝石さえあれば、いつでも必要なときに作れるではないか」

誰もがあっけにとられて言葉をなくした空気を払うように、陳大河が会話に加わる。

「そういえば、鎮江《ちんこう》の名物に、硝石に漬け込む豚肘料理があるんですが」

「硝石を? 食べるのか」

永璘は掌の石を気持ち悪そうに卓の上に置いた。

「おお、硝肉のことだな。ある酒楼の店主が、塩と爆竹用の硝石を間違って豚腕の塊肉《かたまりにく》を漬け込んでしまい、捨てるのが惜しくて硝石を洗い落とし、煮込んでみたら、硝子《ガラス》のごとく透《す》き通った、格別の味わいの肘子《ジョウズ》料理が生まれたという」

「まさに江南は食の奇跡の宝庫であるな。陳厨師はその肴肉《ヤオロウ》を作れるのか」

永璘の問いに、大河は苦笑して首を横に振った。

「とても難しいのです。どこの店も、秘伝を明かしたりはしません。素人《しろうと》が真似《まね》をして作ってみても、とても食べられた代物にならないそうです」

それから、永璘は江南の料理についてあれこれと袁枚と陳に問いかけ、ふたたび会話は弾みだした。

なんだか陳大河にお株を取られたような成り行きだが、永璘と袁枚のブラン・マンジェと桃のソルベの器は、舐《な》めたようにきれいに食べられていたので、マリーは満足だった。

　やがて陽が西に傾き、永璘は正房《おもや》に戻る時間となった。

「食べ物の話にばかり終始してしまったな。次は詩作について指導をいただきたいものだ。袁先生にはいつまでも王府に滞在していかれよ。また、上京される折にはいつでも部屋を用意させる。遠慮なく当王府を訪れるがよい」

　全員で立ち上がり、永璘とその側近を見送ったあと、袁枚はマリーに茶菓の礼を言った。

「硝石で話題が逸《そ》れてしまったが、趙小姐《ちょうシャオジエ》の冷菓はとても素晴らしかった。揚げ菓子で見当違いの批判をしたことを詫《わ》びさせてくれ」

　袁枚が丁寧に頭を下げるので、マリーはかえって恐縮してしまう。

「いえ、こちらこそ材料を手配したり、レシピを決めるのに時間がかかってしまって」

「いやいや、日々の茶菓に出されていた焼き菓子は、悪くなかった。麺麭《ぱん》の皮のさくさくとした歯触りと、乳脂に含まれた香ばしさなどは、非常に目新しく感じたのだが、特に説明もなく他の点心といっしょに出されておったので、改めて感想を言う機会を失しておったが」

　マリーの口元がゆるく微笑む。

「ペストリーとか、タルトやビスキュイは、どちらかというと素朴《そぼく》な菓子ですので。密閉式石窯だから出せる香ばしさに珍しさはあるかもしれませんが、蛤蟆吐蜜《ハーマートゥーミー》でも似た食感は出せていますし、袁先生は異国風の驚きや目新しさをお求めのようでしたから」

袁枚は満足げにうなずいた。

「押しかけ老人のわがままにつき合わせて、申し訳ないことであったな。お詫びと礼を兼ねて、先ほどの冷菓の漢名を、わしに命名させてくれんか」

マリーは驚きに背筋がピンと伸びる。

「とても光栄です！　是非お願いします」

袁枚はブラン・マンジェの味を思い出すかのように目を閉じて、首を少し傾けた。

「うむ。舌の温かみで蕩《と》けてしまうあたりが、人肌に融《と》ける淡い雪のようであった。法国《フランス》の名に意味はあるのか」

「ええと、古い言葉で『白い食べ物』という意味があります」

「なんと、そのままだな」

袁枚は苦笑した。そしてふたたび目を閉じて考えを巡らしているようだ。

「泡沫《ほうまつ》のごとく、わずかな温かみで融け去る雪のように冷たく白い甜心、泡雪扁桃羹《あわゆきへんとうかん》でどうかな」

いかにも詩人らしく、見た目と味わい、そして香りも匂い立つ命名だと、マリーは感心した。

「素敵です、どうもありがとうございます！」

かの随園老人が命名した甜心が、慶貝勒《ベイレ》府の点心目録に加わると思うと、マリーは誇らしさに胸が躍る。

「貝勒殿下は、たいへん気さくで鷹揚なお人柄であられる。お仕えすることになったのが殿下で、大河はすばらしく運がいい」

さらに主人を褒められて、マリーはとても気分がいい。

「ええ、老爺《ラオイエ》はとても寛容なお方です。ところで、寒くなってきましたから、杏花庵にお入りになりませんか。陳さんは石窯をご覧になりたいようですし」

そわそわとしていたところへ図星をさされ、大河は少し頬を赤らめて苦笑した。

「見せてもらえますか」

マリーは一同を連れて中へ入った。黄丹は後片付けや洗い物を始める。

石窯の鉄扉を開けて見せると、大河は顔を突っ込んで中を見ようとする。

「まだ余熱がありますから、熱気や灰を吸い込んだら鼻や喉を火傷《やけど》してしまいます」

マリーの忠告を受けて、大河は手をかざして窯の中の温度を確かめた。

「いまは膳房が忙しくて、休みの日くらいしか火を入れて菓子を作れないのですけど、もうすぐ厨房にもっと大きな石窯ができあがるので、そこだと蛤蟆吐蜜《ハーマトウーミー》を一度にたくさん焼くことができます」

「それは楽しみだな」

石窯の仕組みを説明し終え、取り置いておいた菓子を大河に勧める。大河はフロランタンのキャラメライズされた、アーモンドのハリハリとした歯ごたえに驚いている。

「瑪麗《マリー》さんは、点心局にお勧めなんですね。そしたら厨房の燕児さんとは」

「燕児さんと李三は兄弟子になります」

片付けを終えた黄丹が、暇《いとま》を告げる。西の空が茜《あかね》色に染まるのを見て、マリーも引き上げることにした。

「夕食を食べそびれてしまったかもしれません。厨房に食べるものが残っていればいいんですけど」

厨房のある前院へ向かう道々、マリーは袁枚が現役の官僚であったときには、宮城に勤めていたことを思い出して、かねてから心にあったことを訊ねた。

「袁先生は皇上にお目にかかったことはありますか」

「翰林院《かんりんいん》を修了したときに、謁見《えっけん》を賜ったことはある」

「あの、袁先生はカスティリヨーネ、あるいは郎世寧《ろうせいねい》というヨーロッパ人の画家をご存じですか」

「これは懐かしい名を聞く。趙小姐《ちようシヤオジエ》は郎世寧の絵が好きかね」

マリーは、自分に対する袁枚の呼称が変わったことに気づいたが、訂正はしなかった。おそらく黄丹か鄭凜華がそうマリーを呼ぶのを耳に挟み、永璘と袁枚の茶会を采配することを許された立場に配慮して、そう呼ぶことにしたのだろう。

「まだ、そんなに見てないんですけども。欧華折衷《せっちゅう》の作風を確立する前の作品が残ってないかしらと探しているんです」

「郎世寧の画と伝えられる絵なら、随園に何枚か所有しているが」

「そうなんですか」

意外なところでカスティリヨーネと縁がつながっていたことに、マリーは驚く。

「広東《カントン》の絵画商が売りつけていった洋画の中に、郎世寧によるものという油絵があった。印判も署名もないので、本当のところはどうかわからん。後年の郎世寧が有名になったことから、適当に手に入った洋画をそう言って売り込んできただけかもしれん。ただ、油絵なる手法と奥行きのある画風が珍しかったことと、広州《こうしゅう》や澳門《マカオ》の風景が面白いと思ったので、画家でもある我が弟に見せようと思い、何枚か購入した。よければ取り寄せよう」

袁枚の弟も芸術家なのかと、マリーは感心した。

「お願いします」

マリーは立ち止まって袁枚の手を取った。妙齢の女子にあるまじき馴れ馴れしさに驚いた袁枚ではあったが、マリーの喜色満面の笑みに、孫娘に対する好々爺の笑みを返す。

気持ちが浮き立ったマリーはさらに、カスティリヨーネの墓に参りたかったのだが、遠すぎることを知って挫折《ざせつ》したことを話す。

「女ひとりで行ける距離ではないと何雨林さんに言われてしまったので、あきらめていましたが、絵を見ることが叶《かな》うなら、そっちはあきらめることができます」

「西洋人の墓地とは、どこかね」

「永定河《えいていが》を渡った、長辛店村《ちょうしんてんそん》の少し先だそうです」

「ならば、わしが連れて行ってあげよう。西洋菓子のお礼だ」

「早朝から出発して馬車で往復しても、その日のうちに帰れるかどうかという距離だそうですが」

「そこまで遠くはない。行った先で過ごす時間にもよるだろうが、日が暮れる前に帰れないようならば、行った先で宿を取ればいい。そちらの方面の北京郊外に、わしの弟子が館を持っている。趙小姐《シャオジエ》が休みを取れるよう、わしからも高厨師に頼んでおこう」

「いいんですか。嬉しいです。ありがとうございます」

マリーは自分の願いが立て続けに叶うという、思いがけない展開に有頂天《うちょうてん》になり、袁枚の手を握りしめて上下に振った。

「年寄りの腕を乱暴に扱うものではない。いやはや若い娘というものは」

袁枚は目を白黒させて、マリーの手から自分の両手を引き抜いた。とはいえ、特に気分を害したようすも、顰蹙《ひんしゅく》を買った風でもないのは、女子を対象にした詩塾を開いていることから、喜びに興奮したときの娘たちの反応に、慣れていたせいかもしれない。

菓子職人見習いと、宮廷画師の墓標

さて幾日も経たないうちに、袁枚と長辛店《ちょうしんてん》村へ行く日がやってきた。

その前日に、マリーは鈕祜祿《ニオフル》氏に呼び出されて、外出の目的を訊ねられた。

「あの……」

はじめのうち、マリーは口ごもった。カスティリヨーネの名を出すことにためらいがあったからだ。だが、北京に知り合いのいないマリーが遠出する理由など思いつかない。袁枚の気まぐれにしても、外国人の行動には制約があるために、主人の推薦《すいせん》に基づいた正式な許可が必要なのだ。

マリーのためらいを察した鈕祜祿氏は、人払いを命じる。近侍らが全員室外に下がったのを見計らって、鈕祜祿氏はマリーに先を促した。

「長辛店村には、カスティリヨーネ様のお墓があるんです。カスティリヨーネ様だけではなく、北京で没した西洋人宣教師たちの墓地だそうですが、そこには皇上が彫《ほ》らせたという碑文があると画師のパンシ神父から聞きました。もしかしたら、老爺《ラオイエ》が絵を禁じられた理由の手がかりがそこで見つかるかもしれない思って、行ってみたいのです」

「随園先生にご迷惑がかかるということは、ありませんね」

鈕祜祿氏は不安そうに念を押す。

マリーには鈕祜祿氏が何を怖れているのかわからない。西洋人のマリーが、自国の宗教に殉《じゅん》じた聖職者の墓参をすることに、なんの不都合があるのだろう。しかし、王府の使用人が、西洋人墓地に参ることで清国の法や皇室の禁忌《きんき》に触れるというのであれば、マリーは無理に城外へ出て行くつもりなどない。

マリーは袁枚がカスティリヨーネの古い遺作と思われる絵画を、自宅に所有していることを話した。袁枚がカスティリヨーネに興味を持ったとしても、そこに宗教的な意味はなく、絵の収蔵者が芸術家に対する表敬を止めることは、たとえ国といえども責めることはできまいとの、袁枚の言葉を添える。

「随園先生がそう言うのならば、大丈夫かもしれませんね」

小さなため息とともに、鈕祜祿《ニオフル》氏は卓上の文箱から北京市外への外出許可証を渡した。

「貝勒《ベイレ》様が手配してくださいました。西洋人が北京から出ることは、本来は禁じられています。必要な用事をすませたら、寄り道せずに帰ってくるのですよ。この特別外出許可証と、在留証明の銅牌《どうはい》を肌身離さず持ち歩きなさい」

マリーは『遠出の墓参り』が思っていた以上に冒険であったことを自覚し、ごくりと唾《つば》を呑んでうなずいた。鈕祜祿氏はさらに続けた。

「護衛に何雨林と、もうひとり侍衛をつけます。何侍衛には銀子《ぎんす》を持たせておきますから、途中で必要があれば出してもらいなさい」

「奥様――」

自分のお金なら持っている、と言いそうになったマリーであったが、考え直して謝意を述べた。

長辛店村《ちょうしんてん》への道のりは、ちょっとした旅気分を味わえた。

　ただし、途中で気ままに馬車を降りて、食事休憩をとったり、散歩して郊外の風景を楽しめるわけではない。袁枚とその弟子はともかく、マリーだけは軽食や飲み物も、馬車の中でとらねばならなかった。マリーが外に出るのは、小用などといった最低限の場合のみで、そのときも何雨林があたりを見回して人目のないのを確認してから、車を降りるように促した。

「私って、そんなに西洋人顔していますか」

　最初の休憩で足腰を伸ばし、茶屋で喉を潤してきた袁枚に、マリーは意気消沈した声音で質問した。生まれ育ったフランスでは、東洋人的な顔立ちをいろいろ言われたものだが、こちらでは西洋人の特徴をあげつらわれることが多いマリーだ。しかし、外出時に人目に触れることも憚《はばか》られるとなると、さすがに気持ちがへこむ。

「どうかのう。その陽《ひ》に当たると茶色がかって見える髪などは、人目に立つかもしれん」

　せっかく丁寧に結い上げてきた両把頭《りょうはとう》なのに、鈕祜祿氏が選んで貸してくれた簪や造花も挿しているのに、誰の目にも触れてはならないとは。

　西洋人の宣教師が、地方で布教したり活動したりできないように、外国人が清国内を旅行することは禁じられている。公用において移動する際も、厳しい制限がかかり、往来の清国人と言葉を交わすことはもちろん、輴《かご》や馬車から外をのぞくことも許されない。

　しかし、イエズス会が解体して以来、清国に送り込まれる宣教師の数も激減し、宣教師が北京から出て行くことは、もう長いことなくなっている。それゆえ、西洋人の風貌《ふうぼう》をしった者が通りかかっても、キリスト教と関連付ける庶民はいないのではと、マリーなどは思ってしまう。両把頭に満洲旗人女性の長袍《チャンパオ》という出で立ちのマリーは、どう見たって無害だと思うのだが。

さすがに馬車に乗っている時間の長さに足腰が痛み出したマリーは、そう言って雨林を説得しようとした。

「趙小姐《シャオジエ》に何かありましたら、俺の首が飛びます」

目尻の切れ上がったキリリとした真顔で言われると、もう何も言い返せない。高齢の袁枚が、さして武術の心得もなさそうな数人の供回りだけで南京から北京まで来れるのだから、清国の治安は悪くはないと思うのだが、雨林はとても慎重だ。

馬車の小窓を開き、簾《すだれ》を上げて外の景色をこっそり眺めるだけで、北京郊外の旅を楽しむしかないマリーであった。

とはいえ、道中が退屈だったわけではまったくない。皇帝直属の機関である翰林院《かんりんいん》に勤めていたという袁枚から、カスティリヨーネの話が聞けないかとマリーは期待した。ゆえに道中さまざまな質問を浴びせたが、袁枚からははかばかしい話は引き出せなかった。

「翰林院に在籍したのは三年で、あとは地方回りであったから、中央の上層部とはほとんど縁がないまま退官した。西洋人の天文学者や数学者ならば、講義やかれらの著作に触れることはあったが、絵画や工芸方面の宣教師は工房に閉じこもっていることがほとんどであったと思う。勅諚《ちょくじょう》で仕事をこなす宣教師と言葉を交わせるのは、かなりの高官、それも皇上の近臣に限られる。もし郎世寧と直接口を利いたことがある者が他にいたとしたら、それは皇上の御言葉や下賜品を伝える太監らであろうな」

一介の外国人に過ぎないマリーですら、郊外に出かけるだけでこれだけの拘束《こうそく》を受けるのだから、禁教であるキリスト教宣教師らの行動範囲や対人関係もまた、かなり限られたものだったと想像するに難くない。

マリーがひとから聞いた話では、翰林院とは、政治や学問に秀でた国内でも最高の人材を集めて教育、研究をさせる王立アカデミーのような機関らしい。翰林院の研究員に選ばれることは、末は中央の要職を経《へ》て大臣に就《つ》くことが約束されたようなものだ。

だが、二十四歳で翰林院に入り、三年後に出てきた袁枚は、地方官僚を歴任して早々に引退してしまった。宮仕えがよほど性に合わなかったのだろうと想像するマリーだ。

それでも、宮城に上がった折に郎世寧の絵画を目にしたことはあったという。だから、澳門《マカオ》の絵画商人が見せた油絵が、カスティリヨーネの手になるものだと聞いたときに、話の種に所蔵しておくのも一興と考えたという話をしてくれた。

「何枚も油絵を描くほど、澳門に滞在していたんでしょうか」

「広州の巡撫《じゅんぶ》のもとにしばらく滞在し、北京入りの許可がおりるまで清国の言葉と作法、そして慣習について学んだという話だ」

澳門には数日しか滞在しなかったマリーは、西洋人が清に入国し移住するための困難さとその手続きについて、あまりに無知であったことを反省した。法的にも、物理的にも未知の文化圏に飛び込んでいくことの難しさを、マリーは母方の教育と永璘の援助によって、半分も体験せずにすんでいたのだ。

王府以外の人間に出会い、そのひとの持つ知性と知識に触れるだけで、マリーの知見が大いに広がる。マリーは郎世寧のことをそれ以上聞き出すことをあきらめ、話題を変えた。

「老爺《ラオイエ》が袁先生とお話になったときに、詩の一節のような言葉を口にされましたが、あれも袁先生の詩から引用されたのですよね」

袁枚は照れくさそうにしなびた指で頭を搔いた。

「『銷夏詩《しょうかし》』か。若気の至りで吐いた棘《とげ》が、一生ついて回る。まあ、自作の中ではいままでも気に入ってはいるがな」

「どんな詩ですか」

袁枚は、照れくさがっている割には、年齢とかけ離れた豊かな声で朗々と謡った。

衣冠を著《つ》けざること　半年に近く
水雲の深き処《ところ》に　花を抱いて眠る
平生より自ら想う　無官の樂《たの》しみを
第一に人に驕《おご》れるは　六月の天《そら》

マリーに漠然と理解できるのは、宮仕えから解放されて悠々自適の生活を送ることになった楽しさを、炎天下の六月にあくせく働いている官人たちに自慢してやりたい、という自由の歓喜を謳《うた》っているということであった。

袁枚の人柄をよく表しているとマリーは思う。おそらく永璘もそう考えたので、茶会ではこの『銷夏詩』を選んだのだろう。

「『雲と水の深いところで、花を抱いて眠る』っていいですねぇ」

マリーはうっとりとして言った。

馬車はちょうど河を渡ったところで、川岸になびく枝垂《しだ》れ柳《やなぎ》の葉が、秋の色を帯びて揺れている。あの河畔の木陰で、水雲の流れるのを眺めながら、大地を抱くようにして花に囲まれ眠ることができたら、どんなに素敵だろう。

厨房の仕事は大好きだが、ときにあの喧噪《けんそう》と人間関係のしがらみから逃れたくなることはある。

マリーは詩を口ずさんでみる。袁枚にその発音と抑揚《よくよう》を直されながら、ひとつの詩を正しく覚えると、次の詩をねだった。

「詩はいいですよね。抑揚が自然ですし、音調が覚えやすくて。漢語に限らず異国の言葉を学ぶのにとても向いていると思います」

袁枚は少し考えこみ、やがて心が決まったように短い詩を詠《よ》む。

「趙小姐《ちょうシャオジエ》にはこの詩がよいかな『苔《こけ》』という題だ」

白日の到らざる処
青春、おのずから到る
苔の花の米の如《ごと》き小さきも
また牡丹《ぼたん》を学びて開く

『陽光の差さないところでも春は訪れ、米つぶほどの小さな苔の花でも、牡丹のように花開く』という意味らしい。それが出世街道から外れて、気ままに生きることに喜びを見いだした己を歌い上げているのか、外国人であるがために、ときに理不尽《りふじん》な扱いを受けるマリーを励ましているのかは、測りがたい。

弟子の尹丞《いんじよう》も交えて詩を吟《ぎん》じる間に、あっという間に長辛店村《ちようしんてん》に着いた。

少し進むとしめやかな杜《もり》が見えてきた。簡素な柵《さく》に囲まれた墓地に至る。雨林に助けられて馬車を降りたマリーは、こわばった足腰をほぐしてから、墓標の並ぶ小径《こみち》へと進む。

残念ながら、どの墓標もラテン語と漢語で銘が彫られていた。ラテン語の読めないマリーは漢字の拾い読みをしながら郎世寧の墓を探した。

「おおい、趙小姐《シヤオジエ》、ここだ」

いつの間にか墓地に入ってきて、いっしょに探していてくれたらしい袁枚に呼ばれて、マリーはそちらへ言った。

『耶蘇《やそ》会士《かいし》郎公乃墓』と大きく彫ってある。

題字がフルネームで彫られていないのだから、『郎公』だけではマリーに見分けられるはずがない。題字の左側に彫られた横書きの碑文は、ラテン語でヨセファヌス・カスティグリオーネと綴《つづ》られた名前も途中で切って改行されていたため、なおさらわかりにくい。

「『乾隆三十一年六月初十日』の次が読めないのですが、これは亡くなった日ですか、それとも、埋葬《まいそう》された日ですか」

「通常は、没した年月日を彫る。次のは『奉旨《ほうし》』、皇帝の命によって、という意味だ」

読める文字を拾うのに四苦八苦するマリーの横で、袁枚は文章を読み上げ、意味をかみくだいて教えてくれた。

「西洋人の郎世寧は康熙年間に朝廷に入り、非常に勤勉で慎み深く、かつて三品の官位を授けられた。いま病を患《わずら》って急逝《きゅうせい》する。その齢《よわい》は八十に近く、戴進賢《たいしんけん》の礼と同じく、侍郎の銜《はみ》を恩給に加え、並びに府銀三百両と料理を給《たま》い、以《もっ》て手厚く葬儀を営むこと。以上」

マリーは袁枚の読んでくれた文の意味を、頭の中で繰り返した。西洋人でありながら、カスティリヨーネが並外れた恩寵《おんちょう》を受けていたことはわかる。この碑文が乾隆帝自身の命によって造られたものなら、画師の死に向けた皇帝の哀惜《あいせき》の深さが、非常なものだったということも読み取れる。しかし、ならばどうして、カスティリヨーネの画風に似た息子の絵を疎《うと》んじたのか、よけいにわからなくなってしまった。

マリーは手に入れるのに苦労した遅咲きの白百合《しらゆり》を墓に供えて、墓参を終えた。

袁枚の提案した、どこかで一泊などといったことにはならず、雨林はまっすぐに慶貝勒《ベイレ》府へ帰るべく、御者に命じた。

内城への帰り道は、マリーは物思いにふけりがちになる。会話は途絶《とだ》え、袁枚と尹丞《いんじょう》も疲れたらしく船を漕ぎ出した。

永璘の生まれる前に、乾隆帝とカスティリヨーネの間に何があったのだろう。カスティリヨーネは、没するまでは望外の葬式を執《と》り行わせるほどお気に入りの画師であった。だが、永璘が洋風の画を描くことは好まず、筆を取り上げた。カスティリヨーネの絵画はいまでも紫禁城や円明園に飾られているということだから、画師とその画風に対する寵が失せたわけではない。

ますます謎が深まり、マリーはいつしか袁枚らと同じようにうつらうつらしてきた。

ガクンとした衝撃とともに、馬車はマリーの側に傾いた。正面奥に座していた袁枚が壁に頭をぶつけないよう、マリーはとっさに手を伸ばした。向かいに座っていた尹丞は、座席から放り出されるようにして、マリーの左横で壁に顔をぶつける。

間一髪《かんいっぱつ》で肩を支えられた袁枚は、驚いた顔でマリーの右手と顔を見た。女子にはありうべからざる反射神経と腕力だと思われたかもしれない。

「大丈夫ですか、袁先生」

「私は大丈夫だが、尹丞が」

尹丞は額を切ったらしく、だらだら流れる血が顔を伝い落ち、衿《えり》を赤く染めている。マリーは一瞬だけ自分の一張羅《いっちょうら》が血で汚れることを惜しんだが、すぐに気を取り直して手巾《ハンカチ》を出し、尹丞の額に押し当てた。

「うわぁ、うわぁ」

マリーより年上の青年は、両手と座席をみるみる染めていく自分の血に驚いてすっかり正気を飛ばしてしまい、端整な顔を蒼白にしてあわあわと悲鳴を上げる。

「大丈夫です。額や頭を切ると、浅い傷でも血がたくさんでます。押さえていれば、すぐに止まります。袁先生は、ひとりで馬車を降りられますか」

絹織りの長袍《チャンパオ》の袖と膝が血に濡れるのもかえりみず、傾いた座席に尹丞を座らせて止血するマリーを、袁枚は呆けた面持ちで眺めた。実に肝《きも》の据わった女子だと感心しているのだろうが、マリーはそれどころではなかった。

「随園先生、趙小姐《シャオジエ》。おけがはありませんか」

馬車をのぞきこんで確かめるのは、何雨林だ。外はすでに薄暗い。

「馬車が壊れたんですか」

「いえ、深い轍《わだち》か穴に車輪がはまったようです。壊れているかどうかは、まだ確認していませんが、馬車を引き上げますので、いったん降りてもらえますか」

マリーは、片手で傷を押さえなくてはならない尹丞を、一番に降ろさせた。

西の空はまだ赤く染まっていたが、外は綿入れか外套《がいとう》が必要な寒さであった。時間的には日暮れ前に内城に戻れるはずであったが、秋も深まるころの日没は早い。

庶民は寝支度にとりかかる時間だ。しかし、遅い食事を出す屋台か酒楼でも近くにあるらしく、胃を刺激する肉料理の匂いがどこかから流れてくる。

雨林ともうひとりの衛士、そして御者の三人がかりで、馬車はすぐに引き上げられた。黄昏時《たそがれどき》のあわい視界のために、道に穿《うが》たれた轍《わだち》を見落としたことを御者が謝っていた。

「ここは、どのあたりでしょう」

建物がせめぎ合うような町並みから、すでに都の内側ではあるらしい。みすぼらしい家屋が並んでいるわけではないものの、家と家との間隔は狭く、手入れの行き届かない古い家も少なくない。王府や豪邸の、長く白い壁の続く内城とは趣が異なる。袁枚は胡同《フートン》の入り口に掲げられた扁額《へんがく》から、通りの名を読み取ろうと目を細めた。

「広安門《こうあんもん》あたりであろうか」

御者は馬が負傷していないか確かめ、車を牽《ひ》かせてみた。車輪が壊れているのか、車軸が折れたのか、馬車はガクンガクンと不穏な動きをする。

「轎《かご》を呼びましょう」

何雨林がそう提案したところ、袁枚は近くに宿を取ることも一案ではと応じる。

「今日中に帰らねば、老爺《ラオイエ》と嫡福晋《ちやくふくしん》様がご心配なさります」

「だが、まもなく城門が閉まってしまうぞ」

雨林は顔をしかめて、内城へと視線を向けた。同僚と御者と額をつき合わせて、何事か相談を始める。マリーは誰かが自分の裾《すそ》を引くのを感じて、振り返った。

誰もいない。裾へと視線を落とすと、十歳かそれくらいと見える少女が、蓋付きの蒸籠《せいろ》を差し出している。

「包子《パオズ》いらんか」

屋台の売れ残りをさばけると踏んで、近づいてきたのだろう。マリーの顔を見て、一瞬怯《おび》えた表情になったが、マリーが財布を出して金を渡すと嬉しそうに蒸籠ごと置いて、よちよちと立ち去った。

「あの子、足が悪いのかしら」

首をかしげてつぶやきつつ、蒸籠の包子を袁枚と雨林たちに分けるマリーを、袁枚は不思議そうに問い返す。

「趙小姐《シャオジエ》は知らんのか。あのくらいの年では、まだ纏足《てんそく》に慣れておらんのだろう」

「てんそく？」

「漢族の習慣だ。足を小さくするために、小さな時から足を縛っておくのだ」

「どうして、足を小さくしないといけないのですか。歩きにくいでしょうし、小さな靴はきつくて痛いですよ。小さな子どもなのに、走り回れないのはかわいそうです」

マリーの素朴《そぼく》な疑問と少女への同情に袁枚は苦笑し、どう答えるべきか言葉を探す。

「異国はどうか知らんが、清国では女の足は小さければ小さいほど、美しいとされている」

「顔立ちよりも、足の大きさがですか」

「もちろん、顔も美しいのに越したことはない。だが、足の大きな娘は嫁入り先にも困る」

マリーは顔も清国人好みの容貌でない上に、足は身長に比例して平均以上に大きい。修業を終え、清国で独立して甜心茶房を持てたころには婚期も逃しているであろう。いっしょに店を経営していける配偶者を見つけるのは、非常に困難であることが予想された。

「あ、でも、王府の女の人たちは『てんそく』じゃないですよ。ふつうの大きさの靴を履《は》いています」

「内城ではあまりみかけないだろうな。漢族の習俗であるから、満族のおなごは纏足をしない。法でも禁じられている」

マリーと袁枚が問答をしていると、ふたたびくだんの少女が大きな提盒《おかもち》を抱えて戻ってきた。空の蒸籠を取りに来たのかと思えば、人数を見てもっと売れると判断したらしい。

額の血が止まったらしい尹丞は、進んで提盒を受け取ろうとして、血まみれのまま少女に手を出した。少女はびっくりして怖がり、よろけて尻餅《しりもち》をついた。マリーは少女を助け起こす。

「大丈夫？」

声をかけたマリーは、しかし少女の足を見て息を呑んだ。

だぶだぶの褌《ズボン》の裾からのぞく、馬の蹄《ひづめ》にも似た靴は、マリーの掌にすっぽり入る大きさだ。ちょっと驚いたり、荷物のバランスを崩しただけで転んでしまうのも道理であった。

纏足は、包帯によって足をぐるぐる巻きにして、絶えず締め付けることで足が大きく育つことを阻《はば》む。少女の沓《くつ》はとても小さいが、包帯の厚みを差し引けば、中の足はもっと小さいだろう。この少女の足が、いったいどういう形でこのような小さな靴におさまっているのか。

マリーの背筋に悪寒が走る。外城の街路を、危うい足取りで歩いていた女たちの裾から見えていたのは、花盆靴の高い上げ底ではなく、纏足された足そのものだったのだ。

少女はすっかり怯えて、あたふたと蒸籠と提盒を抱えてその場をよたよたと逃げ去った。

呆然と少女の後ろ姿を見送るマリーを他所《よそ》に、雨林は袁枚と善後策を検討している。やがて雨林は嘆息して袁枚の意見を受け入れ、とりあえず休憩と食事をとるため、同僚の侍衛に最寄りの酒楼を探してくるように指示した。マリーは喜んで礼を言う。

「袁先生のお弟子さんの手当も、しなくてはなりませんし」

壊れた馬車は御者に任せ、マリーたちは侍衛が見つけてきた三階建ての酒楼へと移動した。マリーが人目にさらされることを憂慮《ゆうりよ》した雨林が、酒楼の主人に個室を頼んだが、満室であるという。かわりに、婦人連れの一般客も通せるよう、衝立《ついたて》で仕切られた階へと案内された。

酒楼はいたって小綺麗な内装であった。客層から見ても、マリーたちが立ち往生したこの界隈《かいわい》は、貧しすぎない街区と思われる。屈強な壮年男子と異相の婦人、老人と血まみれの従者という奇妙な取り合わせに、店の者も客たちも珍しげな視線を投げかけるのを、マリーは気づかぬふりで案内された席についた。

料理を頼むのは袁枚だ。侍衛も含め、陳大河捜しをしていたときとほぼ同じ面子《メンツ》であるためか、馬車が壊れて今夜じゅうに帰宅できるかどうかという事態なのに、緊張感はない。

店内に入ってから鼻をひくつかせていた袁枚は、店員に訊ねた。

「炙鴨子《ジーヤーツ》を始めたのかね」

「ええ、そろそろ鴨《かも》の脂《あぶら》がのってきましたからね。うちは直火を当てない燜炉《メンルー》で炙《あぶ》り焼きをしますから、肉汁をたっぷり閉じ込めて美味いことこの上ないですよ」

店主は愛想よく応じる。

「ではそれを一羽分」

ほかに野菜炒めや羹《あつもの》、蒸し物などの料理を注文し終えた袁枚は、馬車が傾いて従者が負傷したときの、マリーの冷静な対処ぶりを褒め称《たた》えた。マリーは恥ずかしげに箸をいじくりつつ、無我夢中だったと謙遜《けんそん》する。

「パリからブレスト港まで馬車を飛ばしたときの方が、よほど大変でしたよね」

と雨林に同意を求めた。雨林は、「もう三年になります」と相槌を打つ。

永璘一行とともに革命に荒れるパリを脱出し、ブレスト港まで暴動民や盗賊を蹴散らして馬車を飛ばしたときのことを、雨林も思い出したらしい。長袍《チャンパオ》の下に銃創の残る肩に手を当てて、マリーに微笑みかけた。

「あのときは助かりました。趙小姐《ちょうシャオジエ》は、あのときも血を怖れませんでしたね」

「銃弾は飛び交うし、暴徒はいつ襲いかかってくるかわからないし、もう、生きるか死ぬかでしたからね」

いまとなっては、現実に起きたことなのかと、マリーには不思議に思える記憶だ。

「趙小姐のお国では、戦争でもあったのかね」

外国の動乱など、清国内の庶民にはあずかり知らぬことだ。袁枚は痛ましそうな眼差《まなざ》しで訊ねる。マリーは市民が王家を転覆《てんぷく》させたという話は、清国の一般人にしないように永璘に言われていたので、曖昧《あいまい》にうなずいた。

「冷害が何年も続いて、小麦の値段が暴騰《ぼうとう》していたせいで、国内が乱れていました」

あまり詳しく話せず、言葉を選んでいるうちに、給仕が頼まれていた手ぬぐいと清潔な包帯、水を満たした桶《おけ》を持ってきた。雨林は立ち上がろうとするマリーを止め、代わりに自ら尹丞の手当をする。いっぽうもうひとりの侍衛は、一番先に出てきた饅頭《マントウ》を頬張って腹ごしらえをすませ、炙鴨子《ジーヤーヅ》に未練を残しながらも、現状を王府へ報告するためにすぐに店を出ていった。

マリーは顔と手の血をきれいに拭き取ってもらった尹丞が落ち着いたのを見て、さりげなく話題を変えた。

「炙鴨子《ジーヤーヅ》って、どんな料理ですか。鴨を一羽分ということは、丸焼きにするんですよね。燜炉《メンルー》ってなんです？」

立て続けのマリーの質問に、袁枚は鷹揚に微笑んだ。

「燜炉とは密閉式の炉だ。趙小姐の石窯のようなもので、火を焚《た》いて高熱になった炉の中で、たっぷりと脂の乗った鴨をじっくりと焼き上げるわけだ。燜炉で焼いた鴨は、皮が飴色にこんがりとして、パリパリと香ばしく、柔らかく焼き上がった肉からは肉汁があふれて、たまらなく美味い。秋を代表する味覚といえよう」

マリーを驚かせたことに、清国にも密閉式のオーブンはあった。蛤蟆吐蜜《ハーマトウーミー》や炙鴨子《ジーヤーツ》のように、外はパリッと香ばしく、内に肉の脂と旨味、あるいは生地の水分を閉じ込め、ふっくらと焼き上げるには、直火を当てずに高温多湿を保ち、炉内の輻射熱《ふくしゃねつ》によって焼き上げるオーブンが必要なのだ。

王府の厨房には解放型の掛炉《かけろ》しかなかったので、マリーは清国にはオーブンはないものと思い込んでいた。しかし、探せば焖炉《メンルー》を備えた家や酒楼もあって、蛤蟆吐蜜や炙鴨子以外の料理もあるのではとマリーは想像する。もっと自由に街を歩ければ、洋風のパンや菓子が食べられているのを見つけられるかもしれないのにと、悔しい気持ちになった。

続々と運び込まれる料理を、それぞれの碗に取り分けていると、廊下から押し問答のような騒音がする。誰かが不機嫌に声を荒らげ、給仕のものと思われる謝罪の声がそれに応えていた。物が落ちたり皿が割れた音もしなかったはずだが、何かあったのか。

「さっき頼んだときは、炙鴨子は売ってないと言ったではないか！」

「ですから、これが今夜の最後の鴨だったんです」

「だったら、なぜこっちの部屋に出さない⁉」

怒っているのは、炙鴨子を注文し損ねた客のひとりらしい。間一髪の差でマリーたちが先に頼んでしまったのだろう。

「申し訳ありません、陛下のお客様が先にご注文なさったのです。そちらのお客様には、またのご訪問の折にご用意いたします」

騒ぎを聞きつけたらしき店主が、怒る客をなだめにかかっている。しかし、酒が入っている客はあきらめきれず、マリーたちの炙鴨子を上の階に持ってこいとごね続ける。

「うちのご主人様を誰と心得ているんだ！」

酔客の声は二階全体に響き渡り、他の客まで衝立の横や上から顔を出して、騒ぎの行方《ゆくえ》を見物している。

「上の階の客では、分が悪いかもしれんのう」

袁枚は残念そうに首を揺らした。個室の用意された最上階を使うのは、身分の高い官僚や富豪だ。しかし何雨林が不本意げに応える。

「こちらも、満室でなければ上の個室を使うつもりでしたが」

袁枚は知らぬことで、マリーもまた失念していたが、何雨林自身が乾隆帝の妃の縁者であり、若くして侍衛として宮中に仕えることを許され、現皇帝の末皇子にもっとも信頼された側近である。外城でくだを巻く小銭持ちの庶民では太刀《たち》打《う》ちできない、満洲旗人の名門に連なる御曹司《おんぞうし》なのだ。

「俺が話をつけてきます」

雨林は椅子を引いて立ち上がり、廊下へ出た。ペコペコと手を揉む店主と、顔を赤くして唾を飛ばす酔客へ、重みのある太い声をかける。

「その炙鴨子《ジーヤーツ》を注文した者だ。おまえのご主人とやらが誰かは知らんが、無法なことを言い出す覚悟はあるのだな」

その日の雨林は私服ではあったが、絹の長袍《チャンパオ》に垂飾りを下げた革帯と乗馬靴、そして腰には剣を帯びた武人という出で立ちであった。上流階級の言葉遣いと発音で恫喝《どうかつ》された酔客は、ぎょっとして目を見開いた。

衝立の陰から見えた酔客の服装も、下町の庶民にしては小綺麗であったが、どこかの邸《やしき》のお仕着せという印象である。酔客は難癖《なんくせ》をつける相手を間違えたことを悟り、あきらかに肝を潰したようだ。しかし、引き下がる気はないらしく、酔客はぐっと足を踏ん張って、雨林をにらみ返した。

「へん、どこの御曹司か知らないが、城外で買った女に鴨を食わせてご機嫌とりか」

雨林の恫喝に言葉遣いを改めず、かえって挑発する勢いである。

衝立へと視線を移した酔客と目が合ったマリーは、慌てて頭を引っ込めた。

「これはこれは。この狐《きつね》が威を借りている虎《とら》は、けっこうな難物のようだ」

袁枚はやれやれとかぶりを振った。身分のありそうな満族旗人に喧嘩《けんか》を売る覚悟があるのだから、酔客の主人もまた雨林に劣《おと》らぬ地位にあるのだろう。

「俺は巴林《バリン》氏に連なる何雨林。慶貝勒《ベイレ》府にて侍衛を務めている。この日は主の客である老師一行の墓参を警護するよう主に命じられた、その帰り道だ」

酔客は真顔となって雨林を見つめたが、すぐに勝ち誇った笑みを口の端に浮かばせた。

「貝勒様がなんだって？　こっちは親王様だ！」

衝立に体を隠し、事の成り行きに聞き耳を立てていたマリーは『親王』という言葉に、ぎくりと反応した。

日暮れ後に、下町の酒楼でご飯など食べているところを、永璘の同腹の兄、嘉《か》親王永琰に見つかっては一大事だ。だが、永琰とは限らない。それに永琰の家来ならば、同母弟の慶貝勒永璘を馬鹿にしたような口は利かないだろう。吝嗇《けち》で有名な十一皇子の成《せい》親王永瑆かもしれない。下町の酒楼ならば安くごちそうが食べられると、わざわざ出かけてきたのだろうか。

「親王殿下が、この時間の外城の酒楼に？　これは異なことを聞く。どちらの王府か」

雨林は落ち着き払って問いただす。酔客は親王どころか皇帝そのひとが背後にでもいるかのように、ぐんと胸を張って答えた。

「豫《よ》親王殿下だ」

雨林は眉間に皺を寄せた。

「豫親王殿下が、この時間に外城の酒楼においでになり、他の客の頼んだ鴨料理を横取りするよう貴殿に命じたのか」

ことさら丁寧な言い回しになる雨林に、衝立のこちら側で成り行きを窺《うかが》うマリーと袁枚は顔を見合わせた。永璘の兄親王でなければ、七人の鉄帽子《てつぼうし》王の誰かだ。そんな由緒正しい親王様が下町で食事をしていることが信じがたいが、かといって嘘と決めつけるのも賢明ではあるまい。

緊張するマリーたちの頭上から、高圧的な声が降ってきた。

「私はそんなことは命じてはいない。勝手に私の名を出して、我が王府の名誉を傷つけるような召使いも知らぬ」

三階へ続く階段の踊り場から、身なりのよい一行が下りてきた。雨林に声をかけたのは、中でも煌《きら》びやかな長袍《チャンパオ》に毛皮の縁取りの胴着、帯飾りに玉佩《ぎょくはい》を下げた青年貴公子だ。頬などつるりとして、永璘よりも若いと思われる。

酔客は「え？」という顔で振り返り、「老爺《ラオイエ》！　そんな」とわたわたとすがりつくような声を上げた。豫《よ》親王は鷹揚な物腰で雨林に近づき、話しかける。

「慶貝勒《ベイレ》の家中とか。私がこのような時間に、このような界隈で食事をとらざるを得なかった理由は、病で里に下がっていた乳母を見舞った帰りであるからだ。その者は乳母の縁で雇い入れた新入りであるため、まだ教育が行き届かぬ。失礼を詫《わ》びる」

雨林はすっと腰を落として膝をつき、マリーには聞き取りづらい定型の口上らしき言葉を口にして、豫親王に拝礼した。

豫親王に目配せを受けた側近らが、酔客の襟首をつかんで連れ去る。

「そんな！　炙鴨子《ジーヤーツ》を食べたいと言ったのは老爺じゃないですか」

悲痛な叫びを残しつつ、酔客は階下へと引きずり下ろされていった。

「炙鴨子を所望したのは確かだが、横取りは命じていない」

微笑むでもなく、かといって無愛想でもない面持ちで、豫親王は雨林に請《う》け合った。戸外から、酔客の悲鳴が聞こえる。鞭《むち》か棒で打たれているのだろうか。マリーは身をすくめつつ、衝立の陰から自席に戻った。

「非礼の詫びに、何雨林殿とお連れの一行を上の階に招きたい。雨林殿の連れは、高名な随園老人と、慶貝勒が西洋より招聘《しょうへい》したという糕點師《ガオディアンシー》であろう？　我が席に来て、話など聞かせて欲しい」

マリーの心臓が飛び上がった。なぜ鉄帽子王のひとりが自分の存在を言い当てるのかと困惑し、思わず声が出そうになって両手で口を覆った。迷惑そうな表情の袁枚と目が合う。

春節の贈答品に、マリーの作ったビスキュイ・ア・ラ・キュイエールやカリンを煮詰めて冷やし固めたコティニャックも、慶貝勒府の詰め合わせに加わっていたのだ。受け取った王府で話題にならないはずはなかったのだが、厨房でくるくる忙しく働くコマネズミ的徒弟は、自分の作った菓子がどこまで遠くへ持ち運ばれ、誰の口に入るのかまでは知り得なかった。マリーの菓子を食べ、その噂を耳にしたであろう豫親王がマリーの容貌をちらりとでも見れば、慶貝勒府ゆかりの西洋人の正体を断定するのは、まったくたやすいことであった。

そして袁枚が在京し、永璘の王府に滞留していることは、朝廷でも話の種になっていたとしても不思議はない。炙鴨子《ジーヤーツ》を取り上げようとした相手が慶貝勒府の者と知った豫親王は、場を収めに下りてきたようだ。

雨林は膝をついたまま、丁重《ていちょう》に辞退の言葉を述べた。

「私の誘いを断るとは。慶貝勒《ベイレ》は、ずいぶんと思い上がった使用人を召し抱えているものだな」

「豫《よ》親王殿下、お待ち下さい」

雨林の制止を無視して、豫親王は衝立の内側に姿を現わした。さほど広くもない衝立と壁に挟まれた空間で、マリーは豫親王と対面した。

マリーはどう反応すべきかわからず戸惑う。フランスでも、女性が家族や身内と食事をしているところへ、面識のない男性がずかずかと入ってくるのはエチケットに反する。まして女性が表に出ることのない清国である。自分が女性扱いされていないのか、この親王が傍若無人《ぼうじゃくぶじん》で礼儀知らずなのか、とっさに判断できなかった。

豫親王は尖《とが》り気味の顎を上げて、薄い微笑を浮かべた。

永璘ら愛新覚羅の人間に共通する、細面の繊細な顔立ちではあるが、これといった特徴はなく、このまま別れてしまえばすぐに忘れてしまいそうな印象の持ち主だ。その繊細な口元に蔑《さげす》むような表情が浮かび、傲慢《ごうまん》な口調で言葉が放たれる。

「なるほど、清国の作法をわきまえておらぬのだな」

マリーがはっとして周囲を見ると、袁枚もその従者も、椅子からおりて床に膝をついている。皇族でも最高位の親王を前にしているのだ。マリーは慌てて椅子の横に立ち、膝を曲げて深く腰を下げ、顔を伏せた。

「豫親王さまにご挨拶を申し上げます」

マリーを観察していたらしく、豫親王がみなに立ち上がるよう命じるまでに、少しの間があった。女子の拝礼では、相手の身分が高いほど腰を深く落とさねばならず、中腰よりも低い姿勢を保つマリーの腿はいまにも震えそうだ。

「立ちなさい」

ほっとして立ち上がりつつ、マリーは袁枚と雨林の顔色を盗み見た。どちらも無表情で、少し先の床を見つめている。マリーも同じようにした。

「糕點師《ガオデイアンシー》の服は血で汚れ、従者は怪我《けが》をしている。何があったのか」

誰に訊ねたのか、マリーが答えるべきなのか、このあたりの作法がわからない。下町の酒楼といった非公式な状況で、どのように親王とやりとりすべきかなど、永璘もその妻鈕祜祿《ニオフル》氏も、皇帝の末公主和孝《わこう》からも、教えられていない。

後宮の妃たちを前にしたときは、まだ和孝公主がそばにいてくれた。嘉親王や成親王と対面したときは永璘がいた。しかし、ここではマリーをかばってくれる高貴の保護者はいない。相手を怒らせたり、永璘に恥をかかせるようなことになっては思うと、マリーは舌が凍り付いたように動かなくなってしまう。

マリーがためらっていると雨林が進み出て、馬車が轍《わだち》にはまって故障し、車体が傾いた衝撃で従者が額を打ったことを説明した。マリーも袁枚も、一日の遠出と事故で疲労困憊《こんぱい》しており、休息が必要であること、豫親王を前に失礼があってはならないと、招待を固辞した。

豫《よ》親王は不機嫌な顔つきになり首から耳まで赤く染め、唇を震わせて雨林をにらみつけた。怒らせてはいけない相手が癇癪《かんしゃく》を起こしそうな緊張感に、マリーは息を呑む。しかし、豫親王はシューと音を立てて息を吐き、ふんと鼻を鳴らした。

「そういうことならば、当家の馬車を使うがいい」

雨林は驚き、顔を上げた。

「しかし、それでは豫親王殿下がお――」

「私は侍衛の馬で帰る。御者には、慶貝勒《ベイレ》府までそなたらを送り届けたのち、豫親王府へ戻るよう、申しつけておく」

雨林はふたたび床に片膝をつき、上体を前に倒しつつ右手を斜め下へ突き出して、感謝を述べる。

「十七阿哥《あか》には貸しを作っておきたいところであった。そなたらが感謝する必要はない」

豫親王はくるりと背を向けて階段へと歩み去り、親王の側近らは慌ててそのあとを追う。

マリーはフーと息を吐き出して、倒れ込むように椅子に腰を下ろした。

「わがままなんだか、いいひとなのか、よくわからない親王さまですね」

思わず口にしてしまってから、不敬ではなかったかと口を覆う。袁枚は苦笑した。

「傍若無人なのは確かであるな。親王家の嫡子に生まれつき、父親が早世して十八で親王位を継いだ若者だ。この世で自分の思い通りにならぬことなど、滅多にないのだろう」

だが、皇帝の末子と事を構えるのは避けるべき、という常識は持ち合わせているようだ。

初めて会ったときの永璘も、あんな感じだったな、とマリーは懐かしく思い出す。もっとも、永璘は何もかもままならぬ欧州の食事や作法に、かなり不満を溜め込んでいた時期で、五分おきに癇癪を起こすような精神状態ではあった。

マリーは立ち上がった雨林に微笑みかけた。

「何さん、どうもありがとうございます。今日は本当に疲れましたから、とても親王さまの話し相手など務まりませんでした」

ふだんは無口な雨林が、主人の永璘よりも爵位の高い親王を相手に渡り合ってくれた。親王を怒らせたらどんな罰が下されるかわからないというのに。

「趙小姐《シャオジエ》と随園先生をお守りするのが任務ですから。剣を使うだけが護衛の仕事はありません」

雨林はかすかな微笑を口の端に刷《は》いて、食事を再開するよう皆を席につかせた。

せっかくの鴨の丸焼きはすっかり冷めてしまっていたが、それでも薄餅に載せた葱といっしょに巻いて食べると、肉の柔らかさと皮の香ばしさは楽しめた。

菓子職人見習いと、慶貝勒府の満漢全席

翌日の正午過ぎ、マリーは後院にある鈕祜祿《ニオフル》氏の東廂房《わきのや》に呼び出された。マリーと袁枚の帰宅が遅くなった理由を聞くためだろう。そこには朝廷から帰宅した永璘もいた。

永璘はすでに雨林から事の次第を聞いていたはずだが、マリーが東廂房に上がったことを近侍から耳にして、正妃の宮殿でマリーを待っていたのだ。

「裕豊《ゆうほう》の馬車で帰ってきたらしいな」

豫《よ》親王は裕豊という名前らしい。名前に乾隆帝の同世代の『弘《こう》』も、永璘世代の『永』も、永璘の次の世代の『綿《めん》』もつかないということは、愛新覚羅一族といっても傍流《ぼうりゅう》なのだろうか。

「豫親王家は、太祖の皇十五子多鐸和碩《ドードーホーソー》豫親王から数えて、裕豊で八代目だ」

ということは、永璘と豫親王裕豊は、ほぼ他人ではないかとマリーは思ったが、口に出すことは控えた。

「鴨の丸焼きで揉めまして」

マリーは昨夜の酒楼で起きたことを順に話す。話を聞き終えた永璘は、あきれた顔で嘆

息した。

「裕豊は夜遊びが過ぎるという話は聞いている。九親王の中でも一番若いせいで、朝廷では頭を押さえつけられているから、外で発散しているのだろう。燜炉《メンルー》式の炙鴨子《ジーヤーツ》は、私もしばらく食べてない。馬車の礼に、裕豊を誘って食べに行かねば。その店の炙鴨子は美味かったか」

「親王さまのお相手をしている間に、冷めてしまいました。焼きたてだったなら、きっととてもおいしかったと思います」

マリーは正直な感想を口にした。鈕祜祿《ニオフル》氏は手巾《ハンカチ》を持った手を口元に添えて、くすくすと品のよい笑い方をする。

「瑪麗《マリー》、西洋菓子を焼いてください。わたくしの名で豫《よ》親王家に届けさせます。当家の者を助けていただいたのですから、炙鴨子とは別に今日中に礼をせねばなりません。瑪麗の焼いた菓子なら、なおさらお喜びになるでしょう」

マリーは内心では断りたくて仕方がなかった。占い師に、将来は親王に縁があると予言されたマリーとしては、豫親王とはできるだけ距離を置きたいのに。

「でも、私たちが貝勒《ベイレ》府の人間でなければ、問答無用で炙鴨子を横取りするおつもりだったんですよ。それに私や袁先生の都合も訊かずに話し相手をさせようとしたんですから。私たちを招待するというのも、炙鴨子《ジーヤーツ》をご自分の部屋に持って行く口実だったのかもしれません。親王さまにしては、せこくありませんか」

マリーが不服を漏らすと、永璘も鈕祜祿《ニオフル》氏も腹を抱えて笑った。鈕祜祿氏は表情をあらためて、マリーをたしなめる。

「それでも、豫《よ》親王さまのお蔭で、昨夜のうちに帰って来ることができたのですから、そのことには謝意を伝える必要があります。さ、お菓子を作っていらっしゃい」

永璘はカスティリヨーネの墓参については、何も訊ねなかった。マリーはおとなしく膳房に戻り、高厨師に鈕祜祿氏の命を告げた。高厨師が、夏に収穫した桜桃《サクランボ》の蜜漬けがよい感じに仕上がっていると教えてくれたので、それでタルトを作ることにする。

甘い菓子にはさくさくした練り込みパイが合う。折り込みパイのように、何度も折り重ねては寝かせる手間が省《はぶ》けるので、時間が短くてすむのもありがたい。貯蔵庫へ行って蜜漬けの壺から必要なだけを碗に移し、他の材料をそろえて杏花庵へ行く。

「厨房の西洋窯、いつできるんだろう」

杏花庵で仕事をするのは好きだが、膳房の仕事の合間にちょくちょく洋菓子を焼く仕事が入るので、西園の杏花庵と膳房を行ったり来たりするのは大変だ。厨房の西洋窯が完成すれば、うんと楽になる。

前院の厨房を通り過ぎようとしたとき、中から厨師らの言い争う声が聞こえた。開け放された扉から内側をのぞくと、燕児が他の厨師から文句を言われている。何が起きたのかと心配になったが、嫌われ者のマリーが燕児を庇《かば》っても、いっそう厨師たちの反感を買うだけだ。豫《よ》親王府へ送る菓子を太監に言付けてから、切り分けた桜桃のタルトを持って、燕児か李三に会いに行こう、何かできることがあればいいなと思いつつ、その日の午後は杏花庵で小麦粉と石窯を相手に格闘した。

「南北朝戦争、勃発《ぼつぱつ》ってところかな」

厨房の隅でマリーの作った桜桃のタルトを頬張りながら、李三が先ほどの騒動について教えてくれた。賄いの厨房には、いまや陳大河を筆頭に江南出身の厨師が三人に増え、古参の厨師たちと角《つの》を突き合わせているという。

「古参の厨師が、陳たちのやり方を認めないんだ」

タルトの三分の一をひと口で呑み込み、燕児がぼやく。

肉の下ごしらえから野菜の保管方法まで、既存のやり方と異なる漢席の厨師は、たびたびたびやり直しを命じられて、不満を募らせているという。しかし、北京と南京では季候も特産品も異なる。北京料理は北京のやり方があるというわけだ。

「高厨師に報告しないといけない。気が重い」

「でも、どうして燕児が古参の厨師に文句を言われないといけないの？」

マリーは首をかしげる。古参といっても、燕児はついこの間まで厨師助手だったのだ。厨師としては新米の部類に入る。他局から回されてきた、燕児より年上で経験も長い厨師はいたはずだ。

「陳を連れてきたのが、高厨師だから、弟子の俺がなんとかしろ、ってことになるんだ」

「それはつらい」

マリーは共感に顔をしかめ、三人は同時にため息をついた。

「瑪麗《マリー》こそ、王厨師とはうまくいっているのか」

マリーは大丈夫、といいかけたが、考え直して本当のことを話す。

「最低限の指示だけ出されて、言われたことをするだけ。料理は教えてもらえてない。できるときは王厨師の仕事を見て覚えるし、わからないことは高厨師が教えてくれるから、別にいいけど」

「それもつらい。ほかの厨師に嫌がらせされてないか」

李三が同情のつぶやきを漏らす。

「私は大丈夫。嫡福晋さまの廂房《わきのや》がすぐ隣で、老爺《ラオイエ》がわりと頻繁に膳房をのぞきにおいでになるから、遠巻きにされてるけど、悪口も言われないよ。こういうの、『虎の威を借る狐』っていうのかしら」

マリーは両手をすぼめて縦長の三角をつくり、額の上に添えて狐の真似をする。豫《よ》親王の威光を笠に着て炙鴨子《ジーヤーツ》を横取りしようとした酔客のことを、袁枚がそう評したことから、マリーは漢語の言い回しをまたひとつ覚えたのだ。

燕児と李三は乾いた笑い声を上げて、桜桃のタルトを平らげた。

「老爺と嫡福晋さまの威光に勝てる人間は、王府にはいないからな」と燕児。

「瑪麗の甜心作りの腕は本物なのに、老爺の庇護《ひご》がないとやっていけないなんて、理不尽だ。女は大変だな」と李三。

「男だって、後《うし》ろ盾《だて》がないとやっていけない部分はあるさ」

と燕児は視線だけを動かして、厨房の奥で片付けの作業をしている新入りの漢人厨師を示した。陳大河は永璘の招聘《しょうへい》によって北京までやってきたという触れ込みなので、厨師たちは異分子の排斥《はいせき》を堂々とやれないでいるのだ。

「で、どうなの？　陳さんて、仕事はできるの」

「動きは悪くないし、料理も悪くない。真面目な話、王府の使用人たちにも、江南料理の方が受けがいい」

物珍しさというのはあるだろう。先々代と今上の天子が魅了されたという江南料理だ。何を食べても美味であるのに違いない、という思い込みもある。

だが、古参の厨師らにとっては、宮廷料理が江南料理に劣ると認めるくらいなら、柱に頭をぶつける方がましであるのに違いない。

燕児はそり上げた側頭をこすりながらぼやいた。

「どっちが優れているってことは、ないと思うんだけどな。ただ、宮廷料理は高級な食材や珍品を扱うけど、健康第一で材料も味付けも固定化されている。なんだかんだと、やんごとなきご身分の方々が、お忍びで外城の酒楼を食べ歩く理由を、俺たちは真面目に考えないといけないとは思う」

マリーは昨夜の、豫《よ》親王の高貴だが表情に乏《とぼ》しい顔を思い浮かべる。

「うちの老爺《ラオイエ》も酒楼を食べ歩きなさっているのかしら」

「一年の半分以上は、王府の外で食事をされているからな。王府の食事に不平を漏らされることはないけど、御本心はどうなんだろうって思うときはある」

燕児は本音を漏らした。

そのとき、三人は同時に気配を感じたのだろう。見事に同調した動きで振り返る。そこには陳大河の驚いた顔があった。

「孫《そん》厨師の休憩を邪魔をするつもりはなかったんですが、趙小姐《シャオジエ》の声が聞こえたので」

一度に六つの目で見つめられた大河は、少し息を弾ませて声をかけた。

「孫厨師」

マリーは小さな笑い声を漏らす。いまだに燕児がそう呼ばれることに慣れない。燕児は横目でマリーをにらみつけた。

「瑪麗《マリー》に何か用か」

大河に対しても喧嘩腰である。

「以前から老爺に言われていた杏仁羹《あんにんかん》を作ったので、味見してもらおうかと」

「いただきます。あ、桜桃のタルトはいかがですか」

マリーはタルトを載せた皿を手に、即座に立ち上がった。艶やかな蜜で覆われた桜桃は、甘さ控えめのカスタードクリームに鎮座し、サクサクした土台の練り込みパイとの食感が楽しめる。

「もちろん、いただきます。あの、よければ、孫厨師もどうぞ」

　大河は三人分の杏仁羹を差し出す。

　大河が珍しげな表情で桜桃タルトを味わっている間に、燕児は難しい顔で杏仁羹をひと匙すくい、舌の上で転がした。

「泡雪扁桃羹《あわゆきへんとうかん》に比べると、こっちは杏仁の香りが強いな」

　ブラン・マンジェに袁枚がつけてくれた漢名を口にする。

「舌触りも違うな。つるんとして、舌の上で滑る。瑪麗《マリー》の巴旦杏《はたんきよう》のは舌の上でとろとろ溶ける感じだけど、こっちはもう少し形を保っている」

　李三はそう感想を述べた。燕児は杏仁羹を全部食べて皿を返した。

「似たようで、違う。材料は、杏仁と扁桃仁を搾《しぼ》った汁を使うのだったな」

「種の種類じゃなくて、凝固させるものが違うの。扁桃羹はゼラチンで、杏仁羹は——寒天、だったかな」

「おれ、どっちも好き。これ、喉風邪にいいんだろ？　もうすぐ風邪の季節だから、毎日温めると液化してしまうゼラチンで作ったブラン・マンジェは口の中では形を保てない。

たくさん作ればいいと思う」

　李三が屈託なく言った。

　少なくとも、燕児と李三は大河を敵対視しているようではないことに、マリーはほっとした。

中秋の前後は、春節に次いで厨房がもっとも忙しい時期のひとつだ。円《まる》い焼餅《シャオビン》を月に見立てて、祭の供え物とする習慣は、やがてその家の味を贈答品として送り交わす伝統となり、そのためどこの点心局も輪をかけて忙しくなる。マリーも久しぶりに燕児や李三と一緒に、朝から晩まで松《まつ》の実や胡桃《くるみ》などの堅果《けんか》類を砕いて餡《あん》に混ぜ込み、ラードをたっぷり練り込んだ皮を練り上げては餡を包んで焼いた。

永璘の発案で、陳大河ら漢席の厨師にも、南方の月餅《げっぺい》を作らせることになった。

さくさくした皮で包まれた、北京のころんとした半球形の月餅と異なり、大河たちの作った月餅は平たい円盤状だ。鹹蛋《シエンタン》という塩漬けの卵黄を満月に見立て、濃厚な餡で包み、さらに申し訳程度の薄い皮で包んである。

「見た目も味もまったく別のお菓子ですけど、同じ名前で呼ぶんですね」

「まったくだ」

高厨師は生真面目な表情で塩味の利いた南式月餅を食べ、さらに難しい顔をする。

「塩味と調和させるために、餡もかなり濃厚に甘く作ってある。喉が渇くな。悪くないが、いくつも食べられるものではない」

マリーの正直な感想では、保存性を重視した、ただひたすら甘いイギリスのクリスマスプディングを連想させたが、特に意見は差し控えた。初めて食べる他所の伝統料理が自分の口に合わなかったときでも、否定的なことは決して言わないようにしなければ、いつまでも禍根《かこん》が残る。

「お菓子に塩漬けの具材が入るのは面白いですね。なんだか新鮮」

と述《の》べて、ジャスミンの茶で流し込む。

「叉焼《チャーシュー》を入れた肉月餅も人気があります」

それはもはや肉餡の包子《パオズ》と呼ぶべきではないかとマリーは思ったが、興味深そうにうなずいて試食を終えた。運ばれてきた詰め合わせ用の箱を並べ始める。

中秋の宴《うたげ》は好天に恵まれ、後院の過庁に並べられた料理や月餅を食べながら藍《あい》の空に明るく輝く月を愛《め》でる。使用人は家族を招いて前院や西園でごちそうにあずかり、それぞれの過庁で催されている音楽や歌劇を楽しんだ。

袁枚も後院まで案内されて、永璘の妃たちに拝礼する栄誉を得た。紫禁城の後宮ほど厳格ではないにしろ、鈕祜祿《ニオフル》氏ら皇族の妃は、滅多に親族以外の客の前に顔は出さないのだから、袁枚はこれよりのち慶貝勒府《ベイレ》では客以上の待遇を得ることになる。

マリーは内輪用に焼いたカスタードクリーム餡の洋風月餅を、袁枚に賞味してもらった。

「さくりさくりとした皮は面白い、とろりとした餡もよいな。卵の風味が利いている。この甘い香料は何を使っているのかな」

「バニラという植物の鞘《さや》を、牛乳で煮出したものです」

「これは、南京に帰ったら懐かしくなるな。あとで作り方を教えてくれるか」

「ええ、書きだしておきますね」

洋風月餅は、時間も人手も足りず大量には作れなかったため、永璘のごく近親の王府にしか配っていない。同母兄の嘉親王府と、妹の和孝公主府、そして後宮の頴妃《えい》だ。

好評でありますように、とマリーが心中で祈っていると、少し離れたところで、袁枚が李膳房長と高厨師を招き寄せて談笑しているのが耳に入ってきた。

「実に優れた厨娘《ちゆうじよう》を召し抱えることができて、慶貝勒府《ベイレ》はたいへんな果報に恵まれたものですな」

徒弟を褒められた高厨師は嬉しそうに口元をふるふるとさせたが、李膳房長が大慌てといった口調で謙遜《けんそん》する。

「それは褒めすぎというものです、随園老人、瑪麗《マリー》は点心しか学んでおりませんし、他の料理を扱う厨師になるつもりはないと申しています」

マリーは燕児を捕まえて、小声で「孫厨師、『厨娘』ってなんですか？」と訊ねた。厨師になって地位の上がった燕児に対して、言葉遣いは丁寧だが表情はいまにも笑い出しそうなマリーだ。

「言葉通り、女の厨師って意味だ。それがどうした」

「それだけの意味にしては、李膳房長の反応が大げさに思えて」

「随園老人が瑪麗を厨娘に喩《たと》えたってか。そりゃたしかに持ち上げすぎだ」

燕児は少し驚き、記憶を絞り出すように目を細めた。

「昔の話だけど、唐や宋くらいだったかな。厨師は女の仕事だった時代があったんだ。一流の厨娘になると、宴会を取り仕切らせるたびに絹何百匹、銀何千両と稼いでたっていうから、よほどの金持ちや王族でないと召し抱えられなかった」

　マリーは驚きに目を見張る。

「宮廷の料理人も女の厨師だったの？」

「そういう時代もあった、ってことさ」

「燕児――孫厨師って、物知りなんですね」

　燕児は少し頬を赤くして、頭を掻いた。

「いや、去年のいまごろかな。瑪麗が勤め始めたとき、反発する厨師たちに高厨師が言ったんだ。女の厨師が皇帝のために料理を作ったり、街の酒楼や茶房の厨房を采配したり、金持ちの宴会を切り盛りしたりして、巨財を成した時代もあったから、別に珍しいことでもないって。それでなんとなく覚えていた」

　点心局の同僚たちが、早い時期からマリーを仲間として扱ってくれていた理由を知って、マリーはますます高厨師への感謝と忠誠心を刺激された。

「まあでも、厨娘は持ち上げすぎだ。厨娘といったら、見た目は容姿《ようし》端麗《たんれい》、物腰は優雅《ゆうが》艶《えん》麗《れい》、書く文字は端正で文章は折り目正しく、厨房に立って包丁を持たせれば神業《かみわざ》のごとく肉を切り分け、料理の出来は完璧で、誰が食べても美味い美味いと賞賛したというくらいだから。つまり美貌《びぼう》、教養を具《そな》えた上で、料理の腕は一流の上をいく達人のことだ」

　燕児はニヤニヤと立て板に水のごとく、厨娘を褒め称《たた》えた。

「教養も美貌もない上に、料理は作れない私は、糕點師《ガオディアンシー》になるのが精一杯です」

清国の料理どころか、マリーはフランス料理のフルコースだって作れはしない。包丁さばきも人並みですらないマリーは、『厨娘』の『称号』には値しないと、潔《いさぎよ》く認めた。

ただ、食通で美食家としても著名な袁枚が、大勢の前でわざわざマリーを『厨娘』に喩えて、李膳房長と高厨師を褒めたことは、大きな意味がある。日々人員の増えていく膳房で、マリーを見下したり、邪険に扱う厨師は減るだろう。

特に、直接の上司の王厨師。

永璘のひとり娘の阿紫《あじ》が、マリーを見つけて走り寄る。マリーの長袍《チャンパオ》の裾を握りしめて、バレエのステップを踏み出すので、マリーは一緒にスキップをしたりくるくる回ってみせてご機嫌を取った。ちなみにこの夜の祭にマリーが着ているのは、尹丞《いんじょう》の手当で血の染みがとれなくなった長袍ではない。袁枚が弟子を助けた礼にと、新しく仕立ててくれたものだ。

数日後、袁枚は冬が来る前に自宅へ帰りたいと、南京へと発った。

「北京が嫌になったらいつでも南京に来るといい。仕事を紹介してやろう」

袁枚は気前よく請け合ってくれた。キリスト教徒の外国人は北京の外に住むことは許されないのだが、マリーはそのことは言わずに笑顔で謝意を述べた。

そして、カスティリヨーネの未発表の遺作を、必ず送り届けさせるという袁枚との約束が、マリーにとってはとても嬉しい。永璘へのクリスマスプレゼントに、これ以上のものはないだろう。

そうして気がつけば、マリーが慶貝勒府《ベイレ》に来てから、一年が巡っていた。めまぐるしく日々が過ぎていき、故郷がいまどうなっているのか、見当もつかない。

フランスの国内は荒れていくばかりで、政権を争う党派の抗争はいよいよ激しく、周辺諸国も自国の王権を脅《おびや》かす革命の余波を怖れて軍隊をフランスに向け始めていた。オーストリアへ亡命を図ったフランス国王一家が国境付近で見つかって捕らえられ、ふたたびパリへ護送されるという事件が六月には起きていたことをマリーが耳にするのは、まだ二ヶ月以上も先の、年が明けて清国じゅうが春節に沸き返っているさなかとなる。

敬愛する王妃に何が起きているのか、知ることのできないマリーは、いまはただ日増しに深まっていく秋の日々と落成間近の漢席膳房、西洋石窯を見守りつつ、去年よりは余裕を持って過ごす。

あっという間に日々はすぎ、中院の東廂房《わきのや》の背後にふたつめの膳房が完成し、ほぼ同時に、前院の厨房には杏花庵の三倍の大きさをもつ密閉式の石窯ができ上がった。

大きく伸ばして広げたパイ皮を焼いて、庫内の熱伝導を確かめたところ、杏花庵の石窯に比べると焼き上がる時間が早い。こちらは耐熱煉瓦を使用しているので、熱が無駄に漏れないためだろう。とにかく一度にたくさんの焼き菓子が作れるようになったのは嬉しいことだ。

永璘は、三人の兄とひとりの妹を招いて、内輪の満漢宴席を催した。

という話であったが。

「どうして豫《よ》親王が？」

永璘の正房《おもや》へ続く過庁で、親王や公主を迎えるために整列していた厨師の行列に、マリーはいた。五人目の皇族が案内され、誰だろうと目を上げたマリーは思わず声を出してしまった。慌てて両手で口をふさぎ、下を向く。

豫親王はちらりとマリーの方へと一瞥《いちべつ》をくれたようではあるが、定かではない。

来客を迎えた後は、厨師たちは大急ぎで膳房に戻り、料理を仕上げる。

定番の燕《つばめ》の巣の鶏湯で始まり、豚と緑菜の煮込み、フカヒレと蟹《かに》の羹《あつもの》、海老と卵のスープ、鶏もも肉と木耳《きくらげ》の煮込み、青梗菜《チンゲンサイ》に囲まれた魚の浮き袋の煮込み、豚の腸のスープ、雉《きじ》のスープ、風干し豚の塊ハム、梅花鹿《ばいかろく》の炙り肉、芙蓉《ふよう》玉子、子豚の丸焼き、豚肉の白煮、羊肉の火鍋、などなど、マリーにはもはや食材と料理の名前も定かではない料理が大皿や大鉢に盛り付けられて列を成して出て行く。

点心局からは定番の各種包子《バオズ》、花捲《ホアジユアン》。細切りにした好みの肉と野菜を巻けるよう、蟬《せみ》の翅《はね》のように薄い焼餅《シャオビン》を添えて盛り付ける。

季節の果物は山盛りに、砂糖漬けの果実は彩りよく大皿に並べ、棗餡《なつめ》や小豆《あずき》餡の糕羹《こうかん》はピラミッドのように積み上げる。

マリーが用意したのは一口サイズのミルフィーユとマカロン、そしてブラン・マンジェを載せるとっておきのソルベは、桃と梨の二種類だ。陳大河の作った杏仁羹もブラン・マンジェと並べて出す。材料も味わいも、よく似ているがまったく違う東西の菓子を味わう趣向というわけだ。

マリーがブラン・マンジェを永璘とその妃たち、そして客へとひとりひとり配っていると、最年長の儀郡王永璇《えいせん》は、すでに酒に酔ってデザートには目もくれず、成親王永瑆は氷果に鎮座する白い塊がプルプル震えるのを目を丸くして見ている。十五皇子の嘉親王永琰は、マリーのことは無視したが、ブラン・マンジェも桃のソルベも、陳大河の作った杏仁羹もきれいに平らげた。

豫親王は、給仕しつつブラン・マンジェとソルベの説明をするマリーの顔をじっと見ていたが、何も言わずに匙を取って食べ終える。

初めて主催した満漢席の宴会がうまく運んだことに上機嫌な永璘が、厨師たちをねぎらいに膳房に顔を出すと、みな一斉に打千礼で片膝をつき、主人の言葉をありがたく拝聴した。

マリーだけは、人目を盗んでそっと永璘に近づき、どうして豫親王を招待したのか問いただした。まったく僭越《せんえつ》なことではあるが、永璘は予期していたようで笑いながら言った。

「ここのところ、裕豊にはずっと朝堂で追い回されていたのだ。なんとしても、我が家の洋風甜心が食べたい、漢席の膳房落成祝いには呼んでくれと頼み込まれていた。マリーたちを馬車で帰してくれた恩もある。私にとって、裕豊は弟みたいなものであるしな。渡欧前は、よく互いの王府を行き来していたものだ。泡雪扁桃羹も氷菓も、いたく気に入ったようだ。このふたつは豫《よ》親王府への春節の贈答品目に入れることにしよう」

すっかり上機嫌である。

マリーは、足取りも軽く正房《おもや》へ帰る永璘の背中を見つめ、胸に湧き上がる不安を持て余した。

呪術師の成した予言のことは、考えまい。

予言が成就《じょうじゅ》するとしても、マリーは晩婚という話だから、今日や明日にでも誰かとどうこうなるという運命でもない。小菊の結婚にしても、破綻するとは限らない。

未来はまだ、何も決まってはいないのだ。

マリーは両手を握りしめて、回廊を曲がって見えなくなった永璘の背中に祈る。

「リンロン、お願いですから、私をどこへもやらないでくださいよ」

膳房では、永璘から下された振る舞い酒が運び込まれたらしい。厨師たちの歓声が王府の宮殿群と高い壁の間に、いつまでも反響していた。

参考文献

『食在宮廷《しょくはきゅうていにあり》』愛新覚羅浩著（学生社）
『乾隆帝伝』後藤末雄著（国書刊行会）
『王のパティシエ』ピエール・リエナール、フランソワ・デュトゥ、クレール・オーゲル著　大森由紀子監修　塩谷祐人訳（白水社）
『中国くいしんぼう辞典』崔 岱遠著　川浩二訳（みすず書房）
『お菓子でたどるフランス史』池上俊一著（岩波書店）
『随園食単』袁枚著　青木正児訳注（岩波書店）
『中国の医学と技術　イエズス会士書簡集』矢沢利彦訳（平凡社）
『図説　中国　食の文化誌』王仁湘著　鈴木博訳（原書房）
『紫禁城の西洋人画家　ジュゼッペ・カスティリオーネによる東西美術の融合と展開』王凱著（大学教育出版）
『清王朝の宮廷画家―郎世寧とその周辺の画家たち―』王凱著（大学教育出版）
『中国名詩鑑賞辞典』山田勝美著（角川書店）
『漢詩をよむ　漢詩の来た道』宇野直人著（NHK出版）
『袁枚《えんばい》　十八世紀中国の詩人』アーサー・ウェイリー著　加島 祥造／古田島 洋介訳（平凡社）
『清代の女性詩人たち―袁枚の女弟子点描―』蕭 燕婉著（中国出版）

本書はハルキ文庫の書き下ろし作品です。

ハルキ文庫

し 14-4

親《しん》王《のう》殿《でん》下《か》のパティシエール④ 慶貝勒《けいべいれ》府《ふ》の満漢全席《まんかんぜんせき》

著者 篠《しの》原《はら》悠《ゆう》希《き》

2021年5月18日第一刷発行

発行者 角川春樹

発行所 株式会社角川春樹事務所
〒102-0074 東京都千代田区九段南2-1-30 イタリア文化会館

電話 03(3263)5247(編集)
03(3263)5881(営業)

印刷・製本 中央精版印刷株式会社

フォーマット・デザイン 芦澤泰偉
表紙イラストレーション 門坂 流

ISBN978-4-7584-4407-1 C0193 ©2021 Shinohara Yuki Printed in Japan
http://www.kadokawaharuki.co.jp/[営業]
fanmail@kadokawaharuki.co.jp[編集]　ご意見・ご感想をお寄せください。

篠原悠希の本

親王殿下のパティシエール

華人移民を母に持つフランス生まれのマリー・趙《ちょう》は、ひょんなことから中国・清王朝の皇帝・乾隆帝《けんりゅうてい》の第十七皇子・愛新覚羅永璘《あいしんかくらえいりん》お抱えの糕點師《パティシエール》見習いとして北京で働くことに。男性厨師ばかりの清の御膳房で、皇子を取り巻く家庭や宮廷の駆け引きの中、〝瑪麗《マリー》〟はパティシエールとして独り立ちできるのか!?　華やかな宮廷文化と満漢の美食が繰り広げる中華ロマン物語！

ハルキ文庫

篠原悠希の本

親王殿下のパティシエール②

最後の皇女

清の皇帝・乾隆帝《けんりゅうてい》の第十七皇子・愛《あい》新覚羅永璘《しんかくらえいりん》お抱えの糕點師《パティシエール》見習いとして北京で働く仏華ハーフのマリー。だが永璘の意向で増えることになった新しい厨師たちは女性が厨房にいることに懐疑的。マリーは彼らを認めさせることができるのか？　春節用お菓子作りに料理競技会、はたまたバレンタインまで！　行事目白押し、そして乾隆帝が最も愛した末娘、無敵のお姫様登場の、中華美食浪漫第二弾！

篠原悠希の本

親王殿下のパティシエール③

紫禁城のフランス人

大清帝国第十七皇子・愛新覚羅永璘《あいしんかくらえいりん》お抱えの糕點師《パティシエール》見習いとして北京で働く仏華ハーフのマリー。だが男ばかりの厨房で疎まれ、マリーは一人別の場所でお菓子修業をすることに。それでも清の料理を学び、腕を上げたいマリーは、厨房に戻るべく、お妃様から認めてもらうため紫禁城へ！　更に主人永璘の秘密も明らかになってきて……。クロワッサンにマカロン、お菓子の家まで、豪華絢爛、美食礼賛の第三弾！